中国新诗百年大系

ZHONGGUO XINSHI BAINIAN DAXI

安 徽 卷

顾 问◎谢 冕 黄怒波
主 编◎王明韵
副主编◎樊 子 阿 翔

合肥工业大学出版社

图书在版编目(CIP)数据

中国新诗百年大系·安徽卷/王明韵主编. —合肥:合肥工业大学出版社,2016.9

ISBN 978 - 7 - 5650 - 2983 - 7

Ⅰ.①中⋯　Ⅱ.①王⋯　Ⅲ.①诗集—中国—现代②诗集—中国—当代　Ⅳ.①I226

中国版本图书馆 CIP 数据核字(2016)第 221506 号

中国新诗百年大系·安徽卷

王明韵　主编　　　　　　　责任编辑　张　慧

出　版	合肥工业大学出版社	版　次	2016 年 9 月第 1 版
地　址	合肥市屯溪路 193 号	印　次	2016 年 9 月第 1 次印刷
邮　编	230009	开　本	710 毫米×1010 毫米　1/16
电　话	人文编辑部:0551 - 62903205	印　张	26.75
	市场营销部:0551 - 62903198	字　数	286 千字
网　址	www.hfutpress.com.cn	印　刷	安徽联众印刷有限公司
E-mail	hfutpress@163.com	发　行	全国新华书店

ISBN 978 - 7 - 5650 - 2983 - 7　　　　　　定价:58.00 元

如果有影响阅读的印装质量问题,请与出版社市场营销部联系调换

引　言

王明韵

　　学术界关于中国第一首白话新诗的起源时间一直存在很大的争议，甚至对胡适是否为白话诗第一人也有质疑。胡适在其《〈尝试集〉自序》（亚东书馆，1920 年 3 月出版）中已明确说了："我的《尝试集》起于民国五年七月，到了民国六年九月我在北京时，已成为一小册子了。这一年中，白话诗的实验室里只有我一个人。"从胡适这段话可以厘清对白话诗从何时开始、何人开端的一些争议和争论。

　　胡适（1891 年 12 月 17 日—1962 年 2 月 24 日），因提倡文学革命而成为新文化运动的领袖之一，曾担任国立北京大学校长、中央研究院院长等职。说起胡适和新文化运动，绕不开陈独秀。陈独秀（1879 年 10 月 9 日—1942 年 5 月 27 日），安徽怀宁人，新文化运动的倡导者之一，中国共产党的创始人和早期的主要领导人之一。陈独秀在 1915 年 9 月 15 日创办了《新青年》杂志。胡适的《文学改良刍议》和《白话诗八首》均最早于 1917 年发表于《新青年》杂志。胡适与陈独秀同为安徽人，由于陈独秀与胡适等人所领导的新文化运动对"白话文"的催生，民国政府教育部先后于 1920 年 1 月和 4 月通令全国，从该年起小学"国文科"一律改为"国语科"，教学白话文、"国音"和"注音字母"。

　　基于以上，说安徽是中国第一首白话诗的源头也不为冒失和过错。在新诗进入百年之际，我们编选《中国新诗百年大系·安徽卷》也就显得必要和紧迫了。就地理位置而言，安徽地跨黄河（已改道）、长江、淮河南北，地形地貌由淮北平原、江淮丘陵和皖南山区组成。不同的水系（黄河、淮河、长江）带来了不同的文化碰撞和交融；不同的地形地貌形成了不同的民俗和文化特征，因此，安徽没有形成如巴蜀文化、吴越文化、齐鲁文化、秦晋文化而趋于统一的地域文化特性。有学者认为徽州文化和淮河文化、皖江文化形成了安徽三大文化圈，三大文化圈合而为一，总称安徽文化、皖文化。笔者认为这种归类和划分也不够严谨，淮河文化不为安徽独有，"皖江"只是一个被命名的新词，与徽州文化有着深厚的历史渊源，但不足以代表整体的安徽文化。安徽文化应该是中华文化的大融合大集中大体现，这才是安徽文化的优势所在。

安徽地处东南西北中的中心位置，集中华文明优秀精髓于一体，千百年来，人才辈出，文化视野、文化胸襟和文化兼容性让安徽文化人具有深厚的文化底蕴和素养，担当性、悲悯性和先锋性表现为安徽诗人的主要特征。先锋性几乎是安徽主要诗人的主要文化表现特征，新文化运动就是一场对旧文化的颠覆运动，胡适的《白话诗八首》和《尝试集》不仅动摇了汉民族的语法体系、语言组织层面，还深刻动摇了由旧文化形成的种种意识形态和精神领域的樊笼。今天我们指摘胡适的白话诗有着幼稚状态、洋味和古味相杂，实为一种苛刻的要求，任何语言没有也不可能在短期内建立一个成熟的语法规范体系。我们将目光放回新文化运动的时间来考量，"反传统、反孔教、反文言"的思想文化革新、文学革命运动确实是一个"破"的语言和思想解放过程，新文化运动有着其必然兴起的政治方面、经济方面、思想文化方面等历史背景。从新诗的角度研判，"破"更是一个"立"的开始。新诗社 1920 年 1 月出版的《新诗集》第一编在《吾们为什么要印新诗集》一文中说道："第一，自从胡适之先生提倡'新诗'以来，一天发达一天；现在几乎通行全国了！"胡适能在砸烂旧的枷锁的同时，建立起新诗，并把新诗强有力地推广开来，这是我们谈论新诗在任何时候都不得不提及他的原因。

在胡适推行新诗的阶段，西方启蒙思想进一步传播至中国。胡适只完成现代汉语的雏形及白话诗的草创，相比中国的新文化运动，西方在当时是各种思潮并存，特别在语言研究、诗歌形式、诗歌理论已经远远把白话诗抛在后面，如：索绪尔的划时代著作《普通语言学教程》在 1916 年出版，他将语言视为一个符号系统；1917 年之前的俄国形式主义认为文学自身有特定规律、结构和手段。尽管白话诗之后有象征主义诗歌（李金发）、现实主义诗歌（田间）等模仿西方的诗歌流派，西方的现象学、诠释学、接受理论、结构主义与符号学、后结构主义和精神分析等理论，在 20 世纪 80 年代后期才影响到中国诗人。在白话诗发轫之际，一批安徽诗人也相继投入新诗写作，并取得了很大的影响，如"小诗派殿军"宗白华、"普罗诗人"蒋光慈、"新月派"朱湘、"湖畔派"汪静之等。宗白华于 1923 年出版了诗集《流云的小诗》（正风出版社），蒋光慈于 1925 年 1 月出版了诗集《新梦》（上海书店），朱湘于 1925 年出版了诗集《夏天》（商务印书馆），汪静之于 1927 年 9 月出版了诗集《寂寞的国》（开明书店），田间于 1938 年 7 月出版了诗集《呈在大风沙里奔走的岗卫们》（生活书店）……从白话诗开始到 1949 年，安徽诗人已经是新诗写作的主要力量，这也是继胡适之后，安徽诗歌地位在宗白华、蒋光慈、朱湘、汪静之等诗人身上得以体现和延伸。

安徽独特的地理环境和文化兼容性也深刻地影响到非皖籍的诗人。我们编选本卷选本有一个宗旨，就是长期生活、工作在安徽，对安徽诗歌的发展和繁荣做出了积极贡献的部分非皖籍的诗人作品一定要体现出来。地域的划分自然有历史、政治、经济和文化的长期积淀因素，而长期生活、工作在安徽的诗人也带来了其自身的文化优势和文化背景，这种融入、交流对安徽诗歌的健康发展起着文化观念上的补充作用。在安徽诗歌史上，1949—1979 年，公刘和严阵代表了安徽在那个特殊阶段的诗歌实力和影响力。公刘为江西南昌人，1939 年开始写诗，1954 年 3 月出版了诗集《边地短歌》（中南人民文学艺术出版社）。公刘 1957 年被打成"右派"，直到 1977 年重新归来，写出了一大批优秀的诗作。公刘长期在安徽工作，曾任安徽文学院院长，积极引导和参与安徽的文化建设，扶持大批安徽青年诗人。严阵是山东莱阳人，1949 年到安徽从事文学编辑和写作工作，1954 年他在《人民文学》发表了《老张的手》而一举成名，1955 年 12 月出版了第一部诗集《淮河上的姑娘》（中国青年出版社）。1984 年 11 月安徽省文联创办了《诗歌报》，严阵任主编，高举"青年性""探索性""公正性"旗帜，一举使安徽成为新时期汉语诗歌的策源地。《诗歌报》同《新青年》一样，在不同的历史背景下承载着改良汉语言、宣传先进文化的历史使命，对汉语诗歌的发展起着旗帜和导向作用。

1979 年后，安徽诗歌发展走向复苏阶段。1979 年《安徽文学》10月号以专辑的形式发表了30位青年诗人的作品，这种大版面、专辑形式的尝试给文学界带来冲击和震撼，得益于良好的诗歌土壤，安徽涌现出一大批优秀的年轻诗人。1980年，《诗刊》举办的第一届"青春"诗会，梁小斌和陈所巨入选。梁小斌的《中国，我的钥匙丢了》《雪白的墙》被列为新时期朦胧诗代表诗作。梁小斌为朦胧诗代表诗人之一，是安徽诗人从"文革"僵化语境下突围而出的先行者，他的诗歌有了诘问、反讽意识。朦胧诗一出现就受到诟病和攻击，当时谢冕先生在《历史将证明价值》一文中指出："诗歌艺术的发展，伴随那业已产生的变异，以新的探寻来扩展、补充，乃至取代原有的艺术积累也是不可避免的。"从白话诗到朦胧诗，安徽诗人均为汉语诗歌进程的推动者，更是革新者。梁小斌和陈所巨的出现，改变了安徽诗歌的呈现格局和彰显方式，"假大空"的政治抒情诗歌、枯燥无味的二元非白即黑的诗歌思维模式得以瓦解。顶住当时"精神污染"和"自由化"的双重压力，《诗歌报》把版面留给有先锋意识的青年诗人，并在1986年联合《深圳青年报》推出了"中国现代诗群大展"，在诗歌界被誉为"两报一展"，这种先锋性和前卫意识具有强烈的颠覆性，就如同胡适的白话诗一样，当时给整个文学艺术界带来冲击、震荡和惊喜。

胡适、公刘和梁小斌是三个不同时期的诗人，每个时期安徽都涌现出优秀的诗人，这三个时期相对来说诗歌的发展受到非诗的因素干扰过多，属于扁平化发展期，诗歌的语言、形式、内容起伏不大，发展轨迹为横向的、线性的，直至海子的卧轨自杀为节点，安徽诗歌重新走向真正现代诗歌意义上的总结和再出发。我们所说的汉语诗歌实际上是一直处在"变化"中的诗歌，《诗经》以降，从晋的南渡到唐开元，汉语诗歌已受到佛教文化的侵蚀，此后契丹、女真、蒙古、满族和西方等文明和汉文明一直处在多层面的交锋与融合状态，自然，汉语诗歌一直也在不断发生变化。变则通达，新时期30年，安徽诗歌一直处在巨变之中，各种思潮、各种理念和各种文化概念在新一代诗人身上发生激烈的碰撞，安徽诗人进入了一个多向度的写作期，涌现出一大批优秀诗人，新时期30年可以说是安徽诗人的黄金时代。

安徽作为新诗的源头和现代汉语诗歌的策源地，有着先天性的诗歌土壤，特别是20世纪80年代中后期，梁小斌、陈所巨之后，沈天鸿、钱叶用、简宁、祝凤鸣、杨子、洪放、俞凌、蓝角、陈先发、余怒、韩新东、王明韵、方文竹等安徽青年诗人以独特的文本活跃于现代诗坛。进入 20 世纪 90 年代后，一批安徽诗人离开诗歌并没有导致安徽诗歌发展的停滞，相反安徽诗歌进入井喷式爆发阶段，除沈天鸿、祝凤鸣、余怒、陈先发、蓝角等诗人保持旺盛的创作力外，杨键、叶匡政、樊子、罗亮、汪抒、老巢、许敏、莫幼群等诗人受到诗坛的关注。这些诗人的作品在厚度、广度和高度上呈现出不同的风格态势。进入 2000 年后，安徽诗歌版图发生深刻的变化，陈先发、余怒和杨键等诗人已经是当代诗歌不可忽视的文本力量，而安徽 70 后诗人的崛起更显示安徽诗歌力量的后继性，魏克、阿翔、何冰凌、黑光、潘漠子、宋烈毅、张建新、徐春芳、张尔、梁震、杜绿绿等代表着安徽青年诗人在现代诗歌写作上的深入探索与创新。安徽 80 后诗人的崛起是网络时代的印证，互联网的便捷性、及时性和互动性催生了新生代诗人的快速成长，安徽涌现出新生诗人潮，以李成恩、陈巨飞和夏午为代表的新生代诗人与梁小斌、沈天鸿等 50 后诗人，陈先发、余怒、杨健、樊子等 60 后诗人，魏克、阿翔、张建新等 70 后诗人实现了时空并存、创作互动的局面。笔者主编的《诗歌月刊》（原《诗歌报》）秉承了《诗歌报》的办刊理念，在头条、先锋时刻、现代诗经、女性专号、诗版图和民刊专号等栏目一直致力于推介安徽优秀诗人和青年诗人，《诗歌月刊》"安徽当代诗歌大展特大号"、安徽省诗歌学会和《诗歌月刊》联合举办的安徽诗歌奖以及安徽的民间诗歌社团等不同诗歌平台给安徽新时期诗歌写作注入了新的活力。

　　从新诗的萌芽之始，新诗已有百年历程，诞生、萌芽、发展、成长、壮大，百年新诗的发展历程也是中国百年历史的一个缩影，从胡适开端至今，众多皖籍诗人，以血为墨，在心言志，发言为声，为现代诗歌的发展，注入了青春与活力；以其卓越的优秀诗歌，引领了汉语诗歌的发展进程，维护了汉语诗歌的价值与尊严。《中国新诗百年大系·安徽卷》编撰的目的就是通过对新诗百年的历史性总结和梳理，客观、立体、公正地展现安徽诗人近百年的诗歌成就，突出安徽在新诗历史上的重要地位，让读者通过安徽诗人的文本了解中国新诗百年的发展进程和发展轨迹。

由于编选时间跨度大，本卷难免有遗珠之憾，唯期在工作中加以改进，以俟未来。在此，笔者谨代表编委会对安徽诗人给予编选工作的大力支持和帮助表示感谢。

王明韵，男，诗人、小说家，1961 年 11 月生，安徽省濉溪县人。中国作家协会会员、中国诗歌学会副会长、安徽省诗歌学会会长、安徽省文学艺术界联合会《诗歌月刊》杂志社主编。出版个人作品集 8 部。

目　　录

卷　一

卷　二

卷　四

卷　五

卷·一

陈独秀

陈独秀（1879—1942），原名庆同，字仲甫。安徽怀宁人。中国共产党创始人和早期领导人之一。1915 年创办《新青年》杂志，举起民主与科学的旗帜。1918 年和李大钊创办《每周评论》，提倡新文化，宣传马克思主义，是五四新文化运动的主要领导人之一。

◎ 答半农的《D——!》诗

不知什么是我？不知什么是你？

到底谁是半农？忘记了谁是 D？

什么倾向，什么八十多天，什么八十多年，都不是时间上重大问题。

什么生死，什么别离，什么出禁与自由空气，什么地狱与优待室，什么好身手，什么残废的躯体，都不是空间上重大问题。

重大问题是什么？

仿佛过去的人，现在的人，未来的人，近边的人，远方的人，都同时说道：

在永续不断的时间中，永续常住的空间中，一点一点画上创造的痕迹；

在这些痕迹中，可以指出那是我，那是你，什么是半农，什么是 D。

弟兄们！姐妹们！

那里有什么威权？不过几个顽皮的小兄弟弄把戏。

他们一旦成了人，自然会明白，自然向他们戏弄过的人赔礼。

那时我们答道：好兄弟，这算什么，何必客气！

他们虽然糊涂，我们又何尝彻底！

当真彻底地人，只看见可怜的弟兄，不看见恨的仇敌。

提枪杀害弟兄的弟兄，自然大家恨他；

懒惰倚靠弟兄的弟兄，自然大家怨他；

抱着祖宗牌向黑暗方面走的弟兄，自然大家气他；

损人利己还要说假话的弟兄，自然大家骂他；

奉劝心地明白的姊妹弟兄们，不要恨他、怨他、气他、骂他；

只要倾出满腔同情的热泪，做他们成人的洗礼。

受过洗礼的弟兄，自然会放下枪、放下祖宗牌，自然会和作工的不说假话的弟兄，一同走向光明里。

弟兄们！姊妹们！

我们对于世上同类的姊妹弟兄，都不可彼界此疆，怨张怪李。

我们的说话大不相同，穿的衣服很不一致，有些弟兄底容貌更是稀奇，各信各的神，各有各的脾气；但这自然会哭会笑的同情心，会和我们连成一气。

连成一气，何等平安、亲密！

为什么彼界此疆，怨张怪李？

大家见了面，握着手，没有不客气、平安、亲密，

两下不见面，便要听恶魔地教唆，彼此打破头颅，流血满地！

流血满地，不止一次，他们造成了平安、亲密，在哪里？

我们全家底姊妹弟兄，本来一团和气；

忽然出来几位老头儿，把我们分做亲疏贵贱，内外高低；

不幸又出来几条大汉，把一些姊妹弟兄团在一处，举起铁棍，划出疆界，拦阻别的同胞来到这里；

更不幸又出来一班好事的先生，写出牛毛似的条规，教我们团在一处的弟兄，天天为铜钱淘气；

我们为什么要这样分离，失了和气？

不管他说什么言语，着什么衣裳，不管他们容貌怎样奇怪，脾气怎样乖强；表面不管他身上套着什么镣锁，不管他肩上背着什么刀枪。那枪头闪出怎样的冷光，肮脏的皮肉里深藏着的自然会哭会笑的同情心，都是一样。

只要懂得老头儿说话荒唐，

只要不附和那量小的大汉，

只要不去理会好事的先生底文章，

这些障碍去了，我们会哭会笑的心情，自然会渐渐地发展，

自然会回复本来一团和气，百事同堂。

怎的去障碍，怎地叫他快快发展，

全凭你和我创造的痕迹底力量。

我不会做屋，我的弟兄们造给我住；

我不会缝衣，我的衣是姊妹们做的；

我不会种田，弟兄们做米给我吃；

我走路太慢，弟兄们造了车船把我送到远方；

我不会书画，许多弟兄姊妹们写了画了挂在我的墙壁上。

有时倦了，姊妹们便弹琴唱歌叫我舒畅，

有时病了，弟兄们便替我开下药方；

倘若没有他们，我要受何等苦况！

为了感谢他们的恩情，我的会哭会笑的心情，更觉得暗地里增长。

什么是神？他有这般力量？

有人说：神底恩情、力量更大，他能赐你光明！

当真！当真！

天上没有星星！

风号，雨淋，

黑暗包着世界，何等凄清！

为了光明，去求真神；

见了光明，心更不宁。

辞别真神，回到故处，

爱我的、我爱的姊妹弟兄们，还在背着太阳那黑暗的方面受苦。

他们不能和我同来，我便到那里和他们同住。

选自《新青年》第 7 卷第 2 期，1920 年 1 月 1 日

胡 适

胡适（1891—1962），字适之，安徽绩溪人。北京大学校长，中国白话新诗第一人。现代学者，历史学家，文学家，哲学家。主要作品有诗集《尝试集》、论著《白话文学史》《胡适文存》等。

◎ 一　念

我笑你绕太阳的地球，一日夜只打得一个回旋；

我笑你绕地球的月亮，总不会永远团圆；

我笑你千千万万大大小小的星球，总跳不出自己的轨道线；

我笑你一秒钟行五十万里的无线电，总比不上我区区的心头一念！

我这心头一念：

才从竹竿巷，忽到竹竿尖；

忽在赫贞江上，忽在凯约湖边；

我若真个害刻骨的相思，便一分钟绕遍地球三千万转！

1918. 1. 15

◎ 一　笑

十几年前，

一个人对我笑了一笑。

我当时不懂得什么，

只觉得他笑得很好。

那个人后来不知怎样了。

只是他那一笑还在：

我不但忘不了他，

还觉得他越久越可爱。

我借他做了许多情诗，

我替他想出种种境地：

有的人读了伤心，

有的人读了欢喜。

欢喜也罢，伤心也罢，

其实只是那一笑。

我至今还不曾寻着那笑的人，
但我很感谢他笑的真好。

1920. 8. 12

◎ 晨星篇

——送叔永、莎菲到南京

我们去年那夜，
豁蒙楼上同坐；
月在钟山顶上，
照见我们三个。
我们吹了烛光，
放进月光满地；
我们说话不多，
只觉得许多诗意。

我们做了一首诗，
——一首没有字的诗，
——先写着黑暗的夜，
后写着晨光来迟；
去那欲去未去的夜色里，
我们写着几颗小晨星，
虽没有多大的光明，
也使那早行的人高兴。

钟山上的月色，
和我们别了一年多了；
他这回照见你们，
定要笑我们这一年匆匆过了。
他念着我们的旧诗，
问道，"你们的晨星呢？
四百个长夜过去了，
你们造的光明呢？"

我的朋友们，
我们要暂时分别了；
"珍重珍重"的话，
我也不再说了。——
在这欲去未去的夜色里，
努力造几颗小晨星；
虽没有多大的光明，
也使那早行的人高兴！

1921. 12. 8

◎ 秘魔崖月夜

依旧是月圆时，
依旧是空山，静夜；
我独自月下归来，
这凄凉如何能解?!

翠微山上的一阵松涛，
惊破了空山的寂静。
山风吹乱了窗纸上的松痕，
吹不散我心头的人影。

1923. 12. 22

◎ 十月九夜在西山

许久没有看见星儿这么大，
也没有觉得他们离我这么近。
秋风吹过山坡上七八棵白杨，
在满天星光里做出雨声一阵。

似 1931 年 10 月残稿

宗白华

宗白华（1897—1986），出生于安徽安庆，原名宗之櫆。主要作品有诗集《流云》、文论《歌德研究》《美与意境》等。

◎ 我　们

我们并立天河下。
人间已落沉睡里。
天上的双星
映在我们的两心里。
我们握着手，看着天，不语。
一个神秘的微颤。
经过我们两心深处。

◎ 解　脱

心中一段最后的幽凉
几时才能解脱呢？
银河的月，照我楼上。
笛声远远传来——
月的幽凉
心的幽凉
同化入宇宙的幽凉了。

◎ 晨　兴

太阳的光
洗着我早起的灵魂。
天边的月
犹似我昨夜的残梦。

◎ 小　诗

生命的树上
雕了一枝花
谢落在我的怀里，
我轻轻的压在心上。

她接触了心中的音乐
化成小诗一朵。

◎ 生命之窗的内外

白天，打开了生命的窗，
绿杨丝丝拂着窗槛。
一层层的屋脊，一行行的烟囱，
成千成万的窗户，成堆成伙的人生。
活动、创造、憧憬、享受。
是电影、是图画、是速度、是转变？
生活的节奏，机器的节奏，
推动着社会的车轮，宇宙的旋律。
白云在青空飘荡，
人群在都会匆忙！
黑夜，闭上了生命的窗。
窗里的红灯，
掩映着绰约的心影：
雅典的庙宇，莱茵的残堡，
山中的冷月，海上的孤棹。
是诗意、是梦境、是凄凉、是回想？
缕缕的情丝，织就生命的憧憬。
大地在窗外睡眠！
窗内的人心，
遥领着世界深秘的回音。

蒋光慈

蒋光慈（1901—1931），原名蒋侠僧，笔名光赤、光慈。安徽六安人。五四时参加学生运动，曾赴苏联留学。1924 年回国后加入中国共产党，并从事文学活动。曾任教于上海大学。1928 年初与阿英等组织"太阳社"，编辑《太阳月刊》《拓荒者》等杂志，积极提倡革命文学并致力于创作。著有诗集《新梦》《哀中国》，小说《少年飘泊者》《短裤党》《鸭绿江上》《丽莎的哀怨》《咆哮了的土地》（后改名《田野的风》）等。

◎ 昨夜里梦入中国

昨夜里梦入中国，
那天国位于将来岭之巅。
它真给了我深刻而美丽的印象啊！
今日醒来，不由得我不长思而永念：

男的，女的，老的，幼的，没有贵贱；
我，你，他，我们，你们，他们，打成一片；
什么悲哀哪，怨恨哪，斗争哪……
在此邦连点影儿也不见。

也没都市，也没乡村，都是花园，
人们群住在广大美丽的自然间。
要听音乐罢，这工作房外是音乐馆；
要去歌舞罢，那住室前面便是演剧院。

鸟儿喧喧，赞美春光的灿烂，
一声声引得我的心魂入迷。
这些人们真是幸福而有趣啊！
他们时时同鸟儿合唱着幽妙曲。

花儿香薰薰的，草儿青滴滴的，
人们活泼泼地沉醉于诗境里；
欢乐就是生活，生活就是欢乐啊！
谁个还知道死、亡、劳、苦是什么东西呢？

喂！此邦简直是天上非人间！
人间何时才能成为天上呢？
我的心灵已染遍人间的痕迹了，
愿长此逗留此邦而不去！

1922. 12. 1

◎ 哭孙中山先生

这轰动声是泰山的倾跌？
这澎湃声是黄河的破裂？
唉！在中华民族命运的悲哀里，
我又要哭先生到泪尽而力竭！

我只道微小作祟的病魔，
怎敌得科学的万能和先生的壮气；
我只望先生在最短的时间健起，
好领导这痛苦的民众奋斗而杀敌。

又谁知病深时科学也不能为力，
又谁知先生竟一病而不起！
呜呼！在万人希望和祷告的声中，
先生……先生……你今居然死矣！

举国屈服于外力的压迫下，
举国呻吟于军阀的残暴里，
先生！惟有你做民众的先锋，
惟有你虽经百扰而不屈。

神州遍流着漫天的洪水，
中华民族眼看将沉沦而不起；
先生！惟有你以救亡为己志，
惟有你数十年奔走革命如一日。

我去年在莫斯科哭列宁的泪还在湿，
不料今日又将此泪来痛哭你！
我哭列宁因他为无产阶级的首领，
我哭你因你是中华民族的导师。

我相信中华民族终有重兴之一日，
我相信你的精神将永存在民众的心灵里；
纵让那恶魔一时地得意而欢腾，
先生啊！你的墓上之花终久是要芬芳的！

这轰动声是泰山的颠倒？
这澎湃声是黄河的浪滔？
先生！但愿你这一死去，
永把中华民族的迷梦惊醒了！

1925. 3. 13

◎ 北　京

北京，北京是中国的首都，
这里充满着冠冕的人物；
我，我是一个天涯的漂泊者，
本不应在此地徘徊而踟蹰。

从前我未到北京，
听说北京是如何的伟大惊人。
今年我到了北京，
我饱尝了北京的污秽的灰尘。

这里有红门绿院，
令我想象王公侯伯的尊严；
这里有车马如川，
令我感觉官僚政客的觍颜。

东交民巷的洋房崭然，
东交民巷有无上的威权。
请君看一看东交民巷的围墙上，
那里有专门射击中国人的炮眼。

中央公园在北京中央，
来往的人们都穿着绮裙罗裳；
请君看一看游客的中间，
找不着一个破衣烂缕的儿郎。

北京的富豪翁固然很多，
北京的穷孩子也不少，
请君看一看洋车队伍的中间，
大半都是穷孩子两个小手拉着跑。

北京，北京是中国的首都，
这里充满着冠冕的人物；
我，我是一个天涯的漂泊者，
本不应在此地徘徊而踟蹰。

从前我未到北京，
听说北京是如何的繁华有趣；
今年我到了北京，
我感觉着北京是灰黑的地狱。

这里有恶浪奔腾，
冲激得我神昏而不定；
这里又暮气沉沉，
掩袭得我头痛而心惊。

1925.8.28，于北京旅次

汪静之

汪静之（1902—1996），安徽绩溪人。中国现代著名的作家、诗人。1922 年 3 月，与潘漠华、应修人、冯雪峰等组织了中国现代文学史上最早的新诗团——湖畔诗社。作品有《蕙的风》《耶苏的吩咐》《翠黄及其夫的故事》《作家的条件》《诗歌的原理》《爱国诗选》等。

◎ 独 游

我要寻她游春时的足迹，
取一块她踏过的泥土，
但是足迹已全无。

那里有满山青翠的草地，
我要采一株她坐过的青草，
但如今青草都已枯掉。

那里有一条清静的山泉，
我要捧她饮过的水来喝，
但如今泉水已干涸。

1923 年 2 月 7 日，杭

◎ 蕙的风

是哪里吹来
这蕙花的风——
温馨的蕙花的风？

蕙花深锁在园里，
伊满怀着幽怨。
伊底幽香潜出园外，
去招伊所爱的蝶儿。

雅洁的蝶儿，
薰在蕙风里：
他陶醉了；
想去寻着伊呢。

019   他怎寻得到被禁锢的伊呢？

他只迷在伊底风里，
隐忍着这悲惨而甜蜜的伤心，
醺醺地翩翩地飞着。

1921 年 9 月 3 日

◎ 死　别

我死后你把我葬在山之阴，
山之阴是阴凉而寂寥；
我要静静地睡在这里，
我不要太阳光的照耀。

你不要种梅花在我的坟旁，
梅花会带来春天的消息；
我愿永远忘了艳丽的春天，
它会使我墓中人流涕。

你不要种牡丹在我的坟前，
牡丹花是那样妩媚轻盈；
我埋在地下的骷髅，也要为它
辗转反侧，不得安宁。

你不要种石榴在我的墓后，
榴花的殷红有如火焰；
我已经变成化石的死骸，
也要因它而复燃。

当秋天来了，你不需去洒扫，
让秋叶坠落纷纷；
我愿一年年的秋叶积压在坟上，
把我埋掩的深深。

你莫为我悲啼，那会使我想起

生前你我恩爱的年岁；
冷落的沉寂的墓底的枯骨，
要为了回忆而粉碎！

1925 年秋

◎ 七月的风

软温温的七月风
流洗了我的心灵，
吹动了我的心弦，
激起了我的心波。
但是，——
可曾流洗了你的心灵？
可曾吹动了你的心弦？
可曾激起了你的心波？

我唱的情歌，
你的心谅该听得懂吧？
只是你勿再硬要关闭了你的心花呵！
我的爱潮将涌着流入你的情海，
振荡起你的爱的波涛哟！

1921 年 7 月

◎ 无题曲（赠菉漪）

悲哀是无边的天空，
快乐是满天的星星。
吾爱！我和你就是
那星林里的月明。

深深的根就是悲哀，
碧绿的叶是快乐。

吾爱！生在那上面的
花儿就是你和我。

海中的水是快乐，
无涯的海是悲哀，
海里游泳的鱼儿就是
你和我两人，吾爱！

悲哀是无数的蜂房，
快乐是香甜的蜂蜜。
吾爱！那忙着工作的
蜂儿就是我和你。

1923 年

朱　湘

朱湘（1904—1933），字子沅，安徽太湖人，中国现代诗人，一生致力于探索中国新诗创作和外国诗歌的译介，提倡诗歌的"形式美"，诗歌语言清雅出尘。性乖张，一生颠沛流离。朱湘被鲁迅称为"中国的济慈"，与闻一多、徐志摩等并称为前期新月派诗学的重要代表。1933 年 12 月 5 日投江自杀。

◎ 残 灰

炭火发出微红的光芒，
一个老人独坐在盆旁，
这堆将要熄灭的灰烬，
在他的胸里引起悲伤——
火灰一刻暗，
火灰一刻亮，
火灰暗亮着红光。

童年之内，是在这盆旁，
靠在妈妈的怀抱中央，
栗子在盆上哔吧的响，
一个，一个，她剥给儿尝——
妈那里去了？
热泪满眼眶，
盆中颤摇着红光。

到青年时，也是这盆旁，
一双人影并映上高墙，
火光的红晕与今一样，
照见他同心爱的女郎——
竟此分手了，
她在天那方，
如今也对着火光？

到中年时，也是这盆旁，
白天里面辛苦了一场，
眼巴巴的望到了晚上，
才能暖着火嗑口黄汤——
妻子不在了，
儿女自家忙，
泪流瞧不见火光。

如今老了，还是这盆旁，
一个人伴影住在空房，
他趁着残火没有全暗，
挑起炭火来想慰凄凉——
火终归熄了，
屋外一声梆，
这是起更的辰光。

1925.11.14

原刊 1926 年 3 月《小说月报》第 17 卷第 3 号

◎ 有一座坟墓

有一座坟墓，
坟墓前野草丛生，
有一座坟墓，
风过草象蛇爬行。

有一点萤火，
黑暗从四面包围，
有一点萤火，
峡着如豆的光辉。

有一只怪鸟，
藏在巨灵的树荫，
有一只怪鸟，
作非人间的哭声。

有一钩黄月，
在黑云之后偷窥，
有一钩黄月，
忽然落下了山隈。

1925.8.17

原刊 1925 年 12 月《小说月报》第 16 卷第 12 号

◎ 苦 雨

檐雨尽单调的敲着，
屋檐渗下了纸顶蓬。
一股浓烈的霉气息，
向人的鼻观里直冲。

我蛰居于斗室之内，
不觉想起了近街邻居，
那家的墙壁离开基础，
已经倾斜了半尺有余。

我在前天暂晴的时候
曾经走过那家门前，
倾颓的老屋随地皆是，
但那家幸尚安全；

我朝里望，见一对老夫妻
他裸胸上有白的瘢痕，
苦笑微颤于黄瘪的面部，
她只是呆坐着，不响一声；

一个面庞肥泽的孩子，
看他的年岁差不多八、九，
他正玩着未售出的西瓜——
我的思想不觉使我噤抖。

塌房的记载近两天很多，
有少妇竟因丧夫而自杀。
听说永定河也已泛滥，
河水流入了居民的床下；

还记得从前邻居失慎，

我自家是怎样一种心情，
何况为饥寒恐惧所交迫，
他们现在蜷伏于高墩？

云南水灾后继以瘟、旱，
比起此间来又当何如？听哪！
同一雨声下的梨园内，
鉴赏的观众扬起了欢呼！

原刊 1925 年 8 月 5 日《京报·副刊》

◎ 采莲曲

小船呀轻轻飘，
杨柳呀风里颠摇；
荷叶呀翠盖，
荷花呀人样娇娆。
日落，
微波，
金丝闪动过小河。
左行，
右撑，
莲舟上扬起歌声。

菡萏呀半天，
蜂蝶呀不许轻来，
绿水呀相伴，
清净呀不染尘埃。
溪涧，
采莲，
水珠滑走过荷钱。
拍紧，
拍轻，
桨声应答着歌声。

藕心呀丝长,
羞涩呀水底深藏:
不见呀蚕茧
丝多呀蛹裹中央?
溪头,
采藕,
女郎要采又夷犹。
波沉,
波升,
波上抑扬着歌声。

莲蓬呀子多;
两岸呀榴树婆娑,
喜鹊呀喧噪,
榴花呀落上新罗。
溪中,
采蓬,
耳鬓边晕着微红。
风定,
风生,
风飔荡漾着歌声。

升了呀月钩,
明了呀织女牵牛;
薄雾呀拂水,
凉风呀飘去莲舟。
花芳,
衣香,
消溶入一片苍茫;
时静,
时闻,
虚空里袅着歌音。

1925.10.24

原刊 1926 年 4 月 15 日《晨报·副刊·诗镌》第 3 号

韦丛芜

韦丛芜（1905—1978），安徽霍邱人。北京燕京大学毕业。曾在天津河北女子师范学院任教，为鲁迅组织领导的未名社成员，《莽原》半月刊撰稿人之一。新中国成立后曾任上海新文艺出版社英文编辑。著有诗集《君山》《冰块》等，译有陀思妥耶夫斯基的长篇小说《穷人》《罪与罚》《卡拉玛佐夫兄弟》、美国杰克·伦敦的《生命》等。1985 年安徽文艺出版社出版有《韦丛芜选集》。

◎ 绿绿的灼火

细雨纷纷的下着，阴风阵阵掠过野冢，我的骨骼在野冢上直挺地躺着。

光已经从世界上灭绝，我的骨骼已经不发白色。

我这样死着，——

在空虚里，在死寂里，在漆黑里死着。

唉唉，我的骨骼怎的又在微微叹息了！

唉唉，我的心火怎的还没有灭尽呢！

唉唉，它在里面又燃起了！

唉唉，又燃起了，绿绿的灼火又燃起了！

司光的神不能灭熄我的心头的残烬，绿绿的灼火又照亮了我的心的王国。

在这王国里，好像初次幽会似的，我的灵魂紧紧地拥抱着我心爱地情人，她曾白白地葬送了我的青春；

在这王国里，我又觅得我空洒了的眼泪，我失却了的力量，我压死了的热情，我的幻梦，我的青春，我的诗歌，我的雄心，——

这一切都齐整的罗列在爱的祭坛上，下面架着浇过油的柴火，当中铺着一个蒲团，——我知道，这是专等着我的灵魂的到临。

我的灵魂到蒲团上虔诚的跪下，柴火在下面燃烧着，我的诗歌在坛上呜咽地奏着，我的情人在坛上轻盈的舞着，

我的眼泪，我的力量，我的热情，我的幻梦，我的青春，我的雄心，……同在这火光中举行了葬礼。

火焰烧遍了爱的祭坛，火焰烧遍了心的王国。……

但这只是绿绿的灼火。

——你又来了么，司光的神？我说。你这是第几次了？

——你知道，司光的神说，我并不是情愿这样的。

——灭不了的是我的心头的残烬，你何必使我的灵魂反复忍

受烈焰燃烧的惨刑！

——你的罪孽太深了。

狂风吹灭了我的心头，急雨浇熄了它的残烬。

——它将不再燃起了，司光的神说。

——你这话说过几次了？我问。

我的心头暂得一阵莫名的清冷。

细雨纷纷的下着，阴风阵阵掠过野冢，我的骨骼在野冢上直挺地躺着。

光已经从世界上灭绝，我的骨骼已经不发白色了。

我这样死着，——

在空虚里，在死寂里，在漆黑里死着。

唉唉，但愿我的心火不再从骨骼中燃起了！

但愿我的心头的绿绿的灼火不再从骨骼中燃起了！

1926 年 2 月 17 日晚

选自《莽原》一卷五期（1926.3.10）

◎ 我披着血衣爬过寥阔的街心

在伤亡的堆中，我左臂下压着一个血流满面的少年，右臂下压着一个侧身挣扎着的黄衣的女生；

左臂下的死身已硬，右臂下发出哀绝的"莫要压我！"的声音。

挣扎，挣扎，我的头好容易终得向外伸引，我哀呼，"救我，救我，先生！"

——砰砰……砰砰……凶恶的枪声又起了。

——嗳唷！……嗳唷！……我的背上又发出哀绝的叫痛的声音。

挣扎，挣扎，我的最后的力量行将耗尽！

挣扎，挣扎，尸身从我的上面倒下，鲜血淋淋；

挣扎，挣扎，从伤亡的堆中挤出我的上身；

挣扎，挣扎，我终于倒在伤亡的堆旁而爬行，——
爬行，爬行，我披着血衣爬向寥阔的街心。……
这时候，大街上已没有军警，没有行人，没有声音，
爬行，爬行，我披着血衣爬过寥阔的街心。……

记 3 月 18 日北京国务院前的大屠杀
选自《莽原》一卷六期（1926.3.25）

◎ 倘若能达底也罢！

在无底的深渊和无涯的海洋中我意识地挣扎着；
这挣扎只限于前后左右，而且永远是向下沉去，
无停地向无底地深渊沉去，我意识着，
这心情还不如在地上从高处落下时的恐怖的着实。

我的双手在水中拨动，兴起波纹，
我发见面包，金钱，荣誉，势力在眼前杂沓的晃荡着，被人
争抢着，
男的，女的，老的，少的，拥挤着。——冲突着或追逐
着——
啊！我自己原来也在这群中混着，但是永远下沉着。

面，铜，粉，铁，混合一块生出一种难闻的嗅味，
狂笑和痛哭造成一种刺人耳鼓的噪声，
在拥挤中我觉得烦厌了，而且确实疲倦了，
我双手无力的垂下，眼前一切均模糊了。

无停的向无底的深渊沉去，我意识着，
这心情还不如在地上从高处落下时的恐怖着实；
唉唉，倘若能达底也罢！
唉唉，倘若我的双手不再拨动也罢！

4 月 30 日
选自《莽原》二卷九期（1927.5.10）

◎ 诗人的心

诗人的心好比是一片阴湿的土地，
在命运的巨石下有着爱的毒蛇栖息；
他歌吟着，轻松心头的苦楚，
毒蛇在吟声里吮取着他的血液。

在生之挣扎里更痛感着生之悲凄，
他踯躅于人间，却永味人间摒弃。
唉，何时啊，能爬出那血红的毒蛇，
从命运的巨石下，从阴湿的土地里！

选自诗集《冰块》，北平未名社 1929 年版

金克木

金克木（1912—2000），安徽寿县人。诗人、学者。北京大学教授。著有诗集《蝙蝠集》《雨雪集》等，并有译著多种。

◎ 灯　前

煤油灯的幽光
敷上你的面颊了。
也有这样的颜色
涂上你的心吗？

默默地做着事：针线，茶饭。
默默地消损着：日里，夜里。
还有一点慰安吗？
孩子又呱呱地醒了！

选自《现代》三卷六期（1933. 10. 11）

◎ 镜　铭

（掇古镜铭语，足之以诗，献 S）

"见日之光，长毋相忘"，
则虽非三棱的棱花，
也应泛出七色来了。

明月无常，星辰流转，
切莫滥寄你的信心，
须知永劫只凭一念。

见日之光，长毋相忘，
惟阴霾时才成孤影。
愿人长寿，记忆长春。

选自《现代》六卷一期（1934. 11. 1）

◎ 生　辰

点点的雨，点点的愁，

这古井永远都依旧。

丝丝的恨，丝丝的风，
该收拾了，这瓜架，豆棚。

一支人影，一支蜡烛，
桌上摊着别人的情书。

一声蛩吟，一年容易，
一天又添了一岁年纪。

◎ 黑衣女

黑衣女，你是一朵云吗？
但既来装点这炎炎的夏天，
何以又可望不可及呢？

风天的沙土里，
骆驼慨然太息了。
惜乎没有蜃楼的绿影，
来引诱他的迟钝的脚步。

于是渔夫渔妇也相对堕泪了，
望着晒焦了的网罟。

大地渴了！
致命的渴，不可解的渴。

黑衣女，莫更矜惜你的鸩毒吧。
许已有携了清凉剂的，
匿名的医师姗姗来了呢。

◎ 雨　雪

我喜欢下雨下雪，

因为雨雪是你的名字。

我喜欢雨和雨中的小花伞，
我可以把脸在伞下藏着；
我可以仔细比比雨丝和你的长发，
还可以大胆一点偷看你的眼睛。

我喜欢有一阵微风迎面吹来，
于是你笑了笑把伞转向前面；
我喜欢假装数伞上的花纹，
却偷眼看伞的红光映上你的脸；
于是我们把脚步放得更慢，更慢，
慢慢听迎面来的细语的雨点。

我喜欢春天的江南、江南的春天；
我喜欢微雨的黄昏、黄昏的微雨；
我喜欢微雨雨中小小的红花纸伞；
我喜欢下雨，因为我喜欢你。

但是我更喜欢晶莹的白雪，
愿意作雪下的柔软的泥。

田 间

田间（1916—1985），诗人。原名童天鉴。安徽无为人。1934 年加入中国左翼作家联盟，参加左联刊物《文学丛报》《新诗歌》的编辑工作，主编《每月诗歌》。1937 年去日本，不久回国参加抗日救亡运动。新中国成立后任《诗刊》编委、河北省文联主席、《蜜蜂》主编等。主要作品有诗集《未明集》《中国牧歌》《中国·农村底故事》《誓辞》《我的短篇诗选》《天安门赞歌》等。

◎ 假使我们不去打仗

假使我们不去打仗
敌人用刺刀
杀死了我们
还要用手指着我们的骨头说：
"看，
这是奴隶！"

1938 年作

◎ 马　莱

——追念一位年轻的诗工作者

谁说
我底田园
是单调的

我们也有紫色
这紫色的马莱花

他以紫的资格
直立在砂上

像知识分子
他文明
而又热情

紫马莱呵
大地底友人
紫马莱呵
农民底友人

在早晨
那绸缎似的胸膛
拥着
火红的露珠
他似乎很骄傲

他似乎很骄傲
骄傲自己
已是山国底盟员
山国这么爱他

——爱他底智慧
爱他底歌

昨天
还有些农民
嫌他懦弱
嫌他骄奢

直到紫马莱
死于红的山岭之上
他底血液
滴到地里时
农民才伸手扶他

然而，马莱呵
农民还不会
像我这般爱你

请爱农民吧
这是农民底田园

你要爱他们
他们更爱你

◎ 赠客人

穿红衣的女郎，
在雪山上歌唱。
她们是从川下，
迁居到高山上。

迁移的时候，
他们这样说过——
"我们是山上人，
愿意住在山上。"

她们是我的姊妹，
住在雪山旁边；
住了多少年呵，
在雪山的上面，
摇着她的手指，
撒下几道清泉。

她们对着雪山，
抚着微笑的脸；
呵，她们好像是
从月亮里走出来；
裸着她的双足，
踏响她的泉水。

你远方的来客，
我看见了你们，
携来的是水瓶，
不是带的长枪。

有一种真理，
我们大家都知道——

只有拿着水瓶，
才可以取回乳浆。

◎ 自由，向我们来了

悲哀的
种族，
我们必需战争呵！
九月的窗外，
亚细亚的
田野上，
自由呵——
从血的那边，
从兄弟尸骸的那边，
向我们来了，
像暴风雨，
像海燕。

卷·二

刘钦贤

刘钦贤（1922—2013），安徽怀远人。历任《芜湖工商报》记者、编辑，志愿军政治部文化教师，中央军委政治学院教师，《诗刊》编辑部秘书、编辑，宿县专区文联专业作家，怀远县文化局创作员，《淮风》诗刊主编，散文诗学会理事。1957年开始发表作品。1990年加入中国作家协会。著有诗集《情难寄》《爱难忘》《心难平》《人难做》《生命之旅》和文集《淮风十年》等。

◎ 是你又让我年轻一次（节选）

我真想用十个秋天的黄昏，
为你换一个春天的早晨。

请记住：
当所有的花朵都纷纷凋谢，
还有我这一朵淡蓝色的勿忘我；
当天上所有的星星都陨落，
还有我这颗心在为你闪烁。
即使你玉残如雨香艳绝灭，
你的情结仍会在我的心中终身灿烂。

让我们用血肉和精神，
筑起一座人生美丽而崇高的大厦，
重新返回那曾我们失去的伊甸园。

公　刘

公刘（1927—2003），江西南昌人，1978 年来到合肥工作，后创办安徽文学院。著有诗集《边地短歌》《神圣的岗位》《在北方》、短篇小说集《国境一条街》和电影剧本《阿诗玛》等作品。

◎ 伤　口

我是中国的伤口，
我认得那把匕首；
添着伤口的是人。
制造伤口的是兽！

我还没有愈合呢，
碰一碰就鲜血直流；
这是中国的血啊，
不是你们的酒！

　　　　　腹稿于第四次文代会上，1979.12.24，追记于合肥

◎ 嘉峪关

登上嘉峪关，我缓步绕城一圈，
前后左右是箭楼、矢堞、坡道和栏杆；
汉人的胆汁，唐人的血，明人的汗，
刹时间都在我周身流转……

据说，万里长城到此中断，
再往前去，不过是残峰废燧，败墙颓垣，
我不相信，不同意，不情愿，
摸摸脊柱吧，脊柱在，必有完整的躯干！

　　　　　　　　　　　　　　1981.7.27，西行途中

◎ 海瑞墓

何苦修复这座墓？
留下炸破的洞穴，
留下炸碎的棺木，

留下身首异处的石羊、石马，
留下风在萧萧树林中号哭；
留下周信芳的歌声，
留下吴晗的史书，
留下赤子心，
留下无毒不丈夫。

啊，海瑞不孤独，
陪伴他的，
是一个健忘的民族……

1986. 3. 4

◎ 寄自新大陆

各人有各人的历史，
在我的历史上，
今天，是哥伦布复活的日子。

新大陆的发现者是我，确实，
对于我的眼睛而言，
一切都是头一次。

我将用我的心灵遍尝百草，
但凡灵验，我必带回去移植——
愿当生者速生，该死者绝死。

我还要熟读足本的惠特曼，
我也有拓荒者的素质，
我也写拓荒者的诗。

1988

◎ 流　浪

水在河与河之间流浪
风在云与云之间流浪
鸟在树与树之间流浪
歌在心与心之间流浪

生命碾作红尘流浪
红尘裹入星云流浪
星云跟随宇宙流浪……
是谁？又将这一切装进褡裢，扛在肩上？

是那个年迈的流浪汉吗？踉踉跄跄
有人夸他慈祥，有人怨他乖张
昏花老眼，反正——
睁着的一只是地狱，闭着的一只是天堂

霎时，有无声之声恣肆汪洋：
家乡即客舍，客舍即家乡
脚带驿站，心携篷帐
游牧八荒，神也在路上

1994. 3. 17，合肥

严 阵

严阵，原名阎桂青，1930 年出生。山东莱阳人。1946 年参加革命工作。历任胶东解放区新华书店印刷厂校对员，胶东日报社时事组编辑，安徽省委宣传部文艺处干事，安徽省文联文学组组长，《安徽文学》主编，《清明》副主编，《诗歌报》主编，编审，安徽省文艺创作研究室副主任，安徽省第二至五届政协委员，全国青联第三届委员，中国作协第四届理事及第五、六、七届全委会名誉委员，安徽省作协主席，安徽省文联副主席、名誉副主席。1954 年开始发表作品。1956 年加入中国作家协会。著有诗集《江南曲》《琴泉》《鸽子和郁金香》《严阵抒情诗选》《严阵诗选》《谁能与我同醉》、长篇小说《乱世美人》、中短篇小说选集《一见钟情》、散文集《牡丹园记》等共 30 余部。长篇小说《荒漠奇踪》获全国少年儿童优秀读物奖及中国作协首届儿童文学作品奖。

◎ 春啊，春啊，播种的时候

春啊，春啊，播种的时候，
我们等了你多久多久，
多少次啊，我们从漫卷风雪的窗口，
以焦灼的目光，询问河边的杨柳。

春啊，春啊，播种的时候，
我们盼了你多久多久，
多少次啊，我们贴近冰冻的地头，
倾听野草是不是在把芽抽？

春啊，春啊，播种的时候，
等你从没有等得这么长久，
我们的犁儿早就修整好了，
我们的马儿也已经喂得很肥。

春啊，春啊，播种的时候，
盼你从没有盼得这般焦愁，
最好的种子已经选出来啦，
我们要把它撒遍地球。

◎ 翡翠池

绿色是翡翠的颜色，绿色是春天的象征，
碧绿碧绿的江南啊，莫非就是在这翡翠池里染成？
这黄山的高峰啊，这黄山的青松，
仿佛都是从这翡翠池里，获得了万古长青的生命！

站在翡翠池边，看着一池绿水，好像水晶，
看着那奇松、怪石、云海、群峰的层层倒影，

便不能不使人想到：只要心地明净如镜，
在最低的地方，同样能开拓出引人入胜的美景！

站在翡翠池边，看着地心的泉水汩汩地流出石缝，
看着那些不知名的花草，在它的池边滋生，
便不能不使人想到：只要能够无私地灌溉，
最贫瘠的地方，也会出现一片葱茏！

黄山是高的，它有七十二座奇峰，
到黄山来的人们，当然应该去奋力攀登，
可是，希望你切莫忽略每一条深深的山谷，
啊，因为有许多珍宝，常常埋藏在深谷的底层！

黄山是美的，因为它云雾缭绕，幻出无限风景，
到黄山来的人们，当然应该去一览天工，
绿色是翡翠的颜色，绿色是春天的象征，
碧绿碧绿的江南啊，莫非就是在这翡翠池里染成？

愿我们每个人的心中都有一个翡翠池吧，
用它灌溉我们的生命之树，使它欣欣向荣……
不过，你眼光向上看的同时，也要向下看看，
啊，因为在不为人知的深处，也往往意味无穷！

◎ 冬之歌

春天芬芳，夏天明朗，秋天金黄，
唱支冬天的歌吧。冬天充满希望！

雪原上的松柏林：我赞美你，
你绿得浓郁啊，你绿得坚强。
深山里的腊梅花：我赞美你，
你开得热闹啊，你香得久长。
赞美啊，枝条正在雪下生添新绿，
赞美啊，根须正在泥土里孕育芬芳。

冰块下，激流正在日夜欢笑啊，
天空间，春雷正在云霞里蕴藏。
谁说冬天只是风雪的世界呢？
不，风雪只是冬天的一种景象！

奔腾的马蹄啊：我赞美你，
你在冰雪上留下铿锵的声响。
旋转的车轮啊：我赞美你，
你把最美的图案，压在雪上。
赞美劈开风雪前进的犁头啊，
赞美那些顶住风雪的栋梁。
雪上，到处都看到豪迈的脚印啊，
风里，到处都听到高亢的歌唱，
是谁，谁说冬天是风雪的世界？
不，风雪是战斗者心灵的乐章！

赞美你啊，气象员的眼睛，
你严密地注视风雪的动向。
赞美你啊，烧炭者的双手，
你给世界送来熊熊火光。
赞美穿过冰雪的钢铁的轨道啊，
赞美灯塔，在黑夜里闪亮。
赞美星星，赞美月亮，赞美太阳，
冬季照样亮在天的四面八方！
冬天不是什么风雪的世界啊，
冬天充满雄心壮志和战斗者的渴望！

热烈地赞美你，伟大的人民，
是你把一天的风雪担在肩上！
热烈地赞美你：共和国的旗帜，
白雪把你衬托得更红更亮！
热烈地赞美你：伟大的军队，
热烈地赞美你：伟大的党！

不管有多少冬天，多少风雪，

它也只能衬出革命者的坚强！
在风雪中地球还是照样运转啊，
谁能把我们伟大的步伐阻挡！

春天芬芳，夏天明朗，秋天金黄，
唱支冬天的歌吧，冬天充满希望。

韩　瀚

韩瀚，1935 年出生在山东省兰陵县，历任华东粮食局上海储运处干部，芜湖储运处干部，蚌埠第四中学青年团书记，青年团蚌埠市委干部，《人民中国》杂志编辑、记者，安徽省文联专业作家，编审。安徽省第四、五、六、七届政协委员。1946 年开始发表作品。著有诗集《寸草集》《阳春的白雪》《写在祖国的江河和土地上》、长篇小说《同窗》《山鬼》《多情病患者》、散文集《霜叶在窗》、电视连续剧剧本《李师师与宋徽宗》（6 集，已录制播出）等。散文集《难得的苦闷》获 1994 年安徽文学奖，《重量》获全国 1979 年至 1981 年优秀诗奖。

◎ 重　量

她把带血的头颅，
放在生命的天平上，
让所有的苟活者，
都失去了
——重量！

刘祖慈

刘祖慈，1939 年出生，安徽肥西人。曾任《安徽文学》编辑部编辑、编辑组长，《诗歌报》（主要创办人之一）执行编委兼编辑部主任，安徽文学院副院长、常务副院长、院长，专业作家，编审。享受政府特殊津贴。著有诗集《年轮》《我们是大运河的子孙》《五彩梦》《问云集》等。诗歌《为高举的和不举的手臂歌唱》获全国 1979 年至 1980 年中青年诗人优秀诗歌奖。

◎ 春 天

——听贝多芬《春天交响曲》

自白瓦黑瓦之檐
滴落的季节
名叫春天
鹁鸪成群归来
求欢在灌木丛里
乡间一片泥泞
从沉重得难堪的靴底
氤氲起急不可耐的气息
寂静中到处有滋滋声响
诉说不安的切切细语
江河即将泛滥
在白杨多绒毛的唇间
吐露爱之窃喜与叹息
池塘正梦着青草
梦着六月深不可测的澄碧

十只白鸟
在白瓦黑瓦之檐
跳动不歇
它们的巢正筑在那里

◎ 清凉台

只有山，以坚强的臂力
托我们于清凉世界
而云雾总是轻薄无信
说去就去，说来就来

唯心的宁静是真宁静
心，乃智慧之海
任万壑松风狂啸于天
松针与闲花簌簌坠落尘埃
在一片清气中伫听天籁

要是有一张琴，那该多好！
再焚一炉香，煮一壶清茗
当风独坐于高台之上
遥遥守望太平
说：苍山真的如海

◎ 水口的古树

在徽州，在皖南山区
水口总有几棵古树
古树像是保护神
庇护着浓荫下的村落

三十年前刚下放那阵子
独自一人，我很孤寂
常常在古树下坐着
看云起云落，想自己心事

后来我有了老婆孩子
我想这辈子大概就终老这里
哪一方水土不养人呢？
能养人的，都是好土地

谁料想说走就走了呢！
走的那天最舍不得的
还是水口那几棵古树
和古树荫下那个村子

从此心里多了几分牵挂
当夜梦醒来，风雨来时
我就知道起风的日子
就是古树在水口想我的日子

时红军

时红军，1945年出生于江苏省睢宁县，中国作家协会会员、中国诗歌学会会员、安徽省新闻文化丛书编辑委员会主任，《旅游导报》创办人、原总编辑。出版诗集《黎明的红帆》《蓝雪》《爱的小岛》《花示》《乐土之碑》《天之眼》《擦痕》《为了明天的太阳》等。

◎ 黎明的红帆

庄严地跃起的瞬间
我的翅膀折了　折了
青春冲腾的速度

你一定感觉到　思念
断裂的声响
吻　骤然变得冰冷……

当我被你从地上扶起
才发现　倒在
你闪光的眸子里
黎明的怀中定格
裙裾轻拂着熹微
世界　从未有的辉煌
不再是梦中拥有
红帆　满载信念

你的手　是航标
对岸　不仅仅是公园
公园　不仅仅是座椅

1986. 2

◎ 悬崖上，一株红杜鹃

春，悄悄地走了，悄悄地
从五月的江南，江南的祁山
悬崖上，留下一株红杜鹃

它是被春遗弃的吗？
竟在这儿立足

头上，乱石危耸
脚下，水流急湍
被遗弃，也是一种自由
开，开得艳丽
笑，笑得坦然
唯独不敢走近地面呵
尘嚣太污浊
宁愿让巍峨的祁山
骄傲地别在胸前……

凡从山下路过的人们
无不驻足仰首
怨悬崖太陡
畏峭壁太险
尔后，丢给幽谷长长的喟叹
独我至今
仍收不回那心的一半
在登，在攀
哪管春去多远

1986. 5. 24

蒋维扬

蒋维扬，笔名城父，1948 年出生，安徽亳州人。在《安徽文学》《诗歌报》（创办时任编辑部主任、主编）、安徽日报社工作过。1973 年开始发表作品，著有诗集《有情系我》《黄金国度》、散文集《北窗琐记》、诗论集《盗火者说》。主编《诗歌报十年精华》，参与编撰《诗学大辞典》《世界华人诗歌鉴赏大辞典》等多种。有作品译介国外。4 次获省级以上文学创作奖。中国作家协会会员。享受国务院特殊津贴。2007—2013 年任省政府参事。

◎ 峡谷口

峡谷口，地狱之门
嶙峋的岩石聚结着阴谋
它年复一年守在此处
就像雷积云，潮湿而恶毒

一提起传说就老了山岩
峡谷口如同饥饿的鹰鹫
它要咀嚼，它要消化
干瘪的胃囊如一只只空空的纸袋

愈向前行，就愈觉得渺小
仅那阴影就压得人喘不过气来
猛听得一粒石子从岩壁上滚下
落在近处已如震耳的雷霆

峡谷口年复一年守在此处
它要等一个勇猛的集团军
或者干脆一个无畏的旅人
但它空对着几条渐浅的辙印
它焦躁、愤懑，而且不平

没有对手的悲哀呀！
它长叹一口气，旷野立刻卷起狂风
狂风把它的饥渴带到各地
仍然没有人敢于经过的消息

◎ 草啊，自由的草啊

草啊，自由的草啊
水一般泛滥了整个旷野
众神踏着草叶早已归去

只留下连天的衰草陪伴黄昏

起风了！
苍穹昏黄，乱石翻滚
乌云的马蹄贴着草尖狂奔
闪电频频抽它的鞭子
草们伏地，委身黄尘
显示出水流泻的形状

这形状勾起我遥远的回忆
一位姑娘，她的头发草一样柔软
我立刻嗅到了青草的气息
还有圣麻花摇响的铃声
都一齐沿着茎秆滑入草丛

我的不能自主的少年
它曾一度在飙风中飘摇
我草茎一般单薄的脊梁
终于敌过了最强劲的风暴
我从连天的草中找回了当年的形状
虽然柔弱，却最刚强！

草啊，自由的草啊
结你的籽，扎你的根
恣意描绘你的月夕霜晨
大旷野是你永恒的家园
在你的王国
连一株芨芨草也是辉煌的神！

◎ 落 日

最后一块金子在下沉
大地开始倾斜
山脊隆起，霞一般的火烧云

洪水般泛滥，遮住了
往事，以及
篝火照亮的日子

离狼嚎的时刻不远了
风里已有腥臊的气息
鸥枭也在叫（或在笑？）
只是不见了乌鸦
我小时最讨厌的一种鸟
而今连对它的回忆
我也觉得温馨

无边的旷野啊
没有一尊神留在这里了
没有了牧歌、羌笛
当然也就没有了任何回声
铅一般沉重的天压下来了
充盈于天地之间的
是得意洋洋的暮霭与地气

而太阳，即便是滚落
你也该发出些声响啊
——金属的声响！
没有人回答我
夜风蛇一样滑过
一弯冷月，冷冷地
照了千年，如今又冷冷地
射出冷冷的光芒

1993 年

陈所巨

陈所巨（1948—2005），安徽省桐城市人，当代著名作家、诗人、一级编剧，享受国务院政府特殊津贴。著有《父子宰相》《黑洞幽幽》《文都墨痕》《阳光·土地·人》《玫瑰海》等著作 17 部。

◎ 感谢阳光

听见金属与水的声音
从天空落下
明丽的晴朗之中
那高踞于万物之上的太阳啊
以睿智目光
向大地投下生命与果实
植物与动物的躯体
从幼小走向成熟
大地幽深而响亮的回声
从久远年代滚滚而来
注满黄金谷穗

洞开窗户　眸子
和明净心灵
洞开布满岩石与树木的大地
在视野漫布水稻棉花与牛羊
以及炊烟一样丰润的劳动与音乐
阳光无所不在
并神谲地指使一切

谷穗和所有生命的向往
在宁静中仰望蔚蓝
感谢阳光
大地虔诚的颂歌源于冰雪与火
语言与文字在庆典中肃然起敬
为中午时分
那大片熔金的光亮啊

石头成为神灵的藏身之地
在阳光探求不到的地方
人与树的奥秘深藏不露

而那些明亮双手与钢铁镰刀
在大地上收割丰盈谷禾
人的创造同样借助阳光
并在阳光中爽朗地
以成功回报

感谢阳光
感谢生命之神
以及唤醒与抚爱生命旷野的
那种金属的蒸汽与流体
人与树站立着
以博大爱心与虔诚
在水一样明亮的歌谣中
纷纷举起诚实与兴旺的生命

◎ 一幅世界地图

你送给我的是一个世界
我想走遍的正是这个世界

四周长满灯光和野草
阳光忽左忽右
季节拼排出陆地和海洋
我要到很远的地方去
走了很多路
乘坐自己的目光

这个世界　墙上的世界
我的双脚深深被固定
在巨大球体下面的
菊黄地板砖上
我甚至看见世界之外的世界
拥挤不堪

铁路　公路　航线
让我可以到达任何地方
包括历史和风俗
包括有史以来无数次战争
以及早已陷没在海洋深处的
一切

这是你的礼物
这是一个真实的世界
我的目光和心在走
身躯直立　像一枚
废弃的旧弹壳

◎ 走进黄昏

两行幼树　伴我
走进铜铁一样的黄昏
太阳　熟透的果子一般落地
水位上涨　接近天空
而我接近暮鸟
丢弃在晚风中的孤独的巢

我的手招展如晚秋的枫叶
而心灵敞开
如十一月里盛开的鲜花

古人与我近在咫尺
神灵与我也近在咫尺
或者只隔一层薄薄的空气
黄昏和大地的尽头
是不是有一道木制的栅栏
是不是有一种不可逾越的缺陷

时间和空间的经纬密不透风

像那些密不透风的往事织成的帘子
在天黑之前　灯光
不可能让那些图案受伤
也不可能让我一无所获

梁小斌

梁小斌，安徽合肥人，1954 年生，朦胧诗代表诗人。1972 年开始诗歌创作，其作品《中国，我的钥匙丢了》《雪白的墙》被列为新时期朦胧诗代表诗作。1991 年加入中国作家协会。2005 年中央电视台新年新诗会上，梁小斌被评为年度推荐诗人。

◎ 雪白的墙

妈妈，
我看见了雪白的墙。

早晨，
我上街去买蜡笔，
看见一位工人
费了很大的力气，
在为长长的围墙粉刷。

他回头向我微笑，
他叫我
去告诉所有的小朋友：
以后不要在这墙上乱画。

妈妈，
我看见了雪白的墙。

这上面曾经那么肮脏，
写有很多粗暴的字。
妈妈，你也哭过，
就为那些辱骂的缘故，
爸爸不在了，
永远地不在了。

比我喝的牛奶还要洁白、
还要洁白的墙，
一直闪现在我的梦中，
它还站在地平线上，
在白天里闪烁着迷人的光芒。
我爱洁白的墙。

永远地不会在这墙上乱画，
不会的，
像妈妈一样温和的晴空啊，
你听到了吗？

妈妈，
我看见了雪白的墙。

◎ 中国，我的钥匙丢了

中国，我的钥匙丢了。

那是十多年前，
我沿着红色大街疯狂地奔跑，
我跑到了郊外的荒野上欢叫，
后来，
我的钥匙丢了。

心灵，苦难的心灵，
不愿再流浪了，
我想回家，
打开抽屉、翻一翻我儿童时代的画片，
还看一看那夹在书页里的
翠绿的三叶草。

而且，
我还想打开书橱，
取出一本《海涅歌谣》，
我要去约会，
我向她举起这本书，
作为我向蓝天发出的
爱情的信号。
这一切，
这美好的一切都无法办到，

中国，我的钥匙丢了。

天，又开始下雨，
我的钥匙啊，
你躺在哪里？
我想风雨腐蚀了你，
你已经锈迹斑斑了。
不，我不那样认为，
我要顽强地寻找，
希望能把你重新找到。

太阳啊，
你看见了我的钥匙了吗？
愿你的光芒，
为它热烈地照耀。

我在这广大的田野上行走，
我沿着心灵的足迹寻找，
那一切丢失了的，
我都在认真思考。

沈天鸿

沈天鸿，1955 年生，安徽望江县人。安徽省作协副主席，中国作协会员，安徽省散文随笔学会名誉会长，安徽省报纸副刊研究会副会长，高级编辑，兼职教授。主要作品有诗集《沈天鸿抒情诗选》《另一种阳光》《我和世界》、散文集《访问自己》《梦的叫喊》、文学理论集《现代诗学》等。我国 40 多家出版社出版的《新中国 60 年文学大系》《中国当代诗歌经典》《中国新时期文学研究资料汇编》《中国现代名诗三百首》等多种诗文选本收有其作品。

◎ 泥 土

泥土又高又远。我站在它的斜坡上
听泥土从我皮肤渗出
它是怎样　进入我的内部？

十一月的天空
在一棵白桦树上显得过于沉重
一只低飞的鸟　在无边无际的平原上
隐去

泥土追赶着它。在地面　在空中
无数种飞翔的灰尘
所有的村庄　都保持无法揣测的深度

石头距离风化　也不过千余年时间
我从来不曾像今天这样
认识到一切都是泥土

但婴儿的哭声　仍在耕种过的麦田里产生
河水从陶罐中晃出来
使龟裂的脸上露出微笑
多么甜蜜！泥土……又高又远

一只土拨鼠　碰碰我的脚
那么突然
宛如一道光　照亮了泥土上
所有意味深长的裂痕

1987. 9. 3

◎ 荆 轲

风已萧萧，易水扔在后面

现在你确切地知道
你在这里，无数个这里
万物悬在头顶
你走过的时候月亮细水长流
地图合上或是打开
那把匕首总在上面

沿途翠绿色叫作树木的东西
——闪过
真正的人生又黑又冷
死亡的风暴从胸腔中吹出
天空犹如一块
倒悬的石头
而你束手于袖中
在马上看天
在马下看地
那把匕首总在上面

从自己回到自己
你把一生的心事一层层剥掉
最后只剩下那把匕首
匕首的天籁
从来只可独听

1988. 3. 16 雪后

◎ 蝴　蝶

蝴蝶是这个下午的一半
另一半，我想起了落叶的叫喊
而花在开，花开的声音压倒了
落叶的幻象，以及
蝴蝶在我梦中
正在消失的飞翔

离开自己的躯体
怒放成一朵花，一生仅有一次
那蝴蝶，它的梦比我更深
但比秋天浅
蝴蝶，幸福得近似一种虚假

新娘样的蝴蝶
将远嫁何方？

蝴蝶与这个下午无关
我其实从未看见过蝴蝶
我只看见抽象的下午
它在花上俯身向下
忘川流淌

1991. 3. 20

◎ 下水道

黑暗不断被雨水冲进下水道
那儿，比夜更黑的
某种东西在无人之境横冲直撞
喧哗之声透出地面
压倒了雨声，仿佛那儿是
另一个宇宙，挤满了
腥臭的非人的生命

那儿我从未去过，有些东西
看见不如从未看见

但我知道它的存在
并且近在咫尺，与我所看见的
共享同一个时代，在
不同的空间，没有太阳

080

也没有星月
取消光的永恒黑暗里

没有人会喜欢它。问题在于
它是人间的一个组成部分
并且它正是由人建造
它的气息正是人
隐藏起来的气息——
这气息从无变化，更无进化
就像夜，总是像它自身那样
无穷无尽，那样黑
那样不可赞美地接近起源
没有道德，没有理性

2002. 3. 3

◎ 莽莽昆仑

天空在这儿聚拢了群山
这些铁青
白发都不飘动的山
因无人而不属于尘世

但山在奔驰，它们要
突围而去，尽管
它们一直仍在这里
崎岖而陡峭，像自己的回声

只有天空的群山
取消了白昼与夜晚的区别
太阳和月亮上都有
与它们一样的石头，燃烧或冰冷

而星群与它们一样

对着冷漠的天空叫喊
区别仅仅在于：
星星可以自杀，而它们不能

2013. 6. 18

姜诗元

姜诗元，1956 年 5 月生，1982 年毕业于安徽师范大学中文系，参与创办《诗歌报》与《百家》杂志。1986 年曾代表《诗歌报》与《深圳青年报》合作，联合举办"中国现代诗群体大展"。曾担任《华人文化世界》执行主编。主要职业是编辑，业余从事诗歌、诗评、文艺理论及小说创作。出版有诗集《面对虚空面对你》《本年度潮湿》。

◎ 荒　城

连阴的天连阴的夜
雨，淅淅沥沥
刷洗苍白的面庞
单恋的男子
撑一把黑伞招摇过市
四围泪行成帘

蒿草长起来了
草芽托起石板小路
千万支无孔之笛响起来
电线杆横插路基
歪斜如根根银针
锈蚀在风湿病人的脊梁

南方之城淹没于草丛
在道路的尽头
在无尽的担忧之中
白狐
白猫
白色的面孔如漆板
空白而虚无
白色之蜥轻举纤足
从草尖掠过
暗巷尽头
你也无言我也无言
水流悠悠
漂满泪眼

◎ 湿　气

让你在去年的雨中站一回
看一只红皮鞋

在水中沉浮
正是汛期
天地间滔滔一遍
秋天的面孔冷酷无情
挥撒落叶满地
让你在回家的路上
看悼亡的纸币相互追逐
有人在凭空哭泣

牛皮纸当伞
能支撑多久
风之手掀动裙角
要把你剥光洗净
等待陌生的月亮
将你啃噬

缘着水声走进一幢空屋
蜡烛孤独
空酒瓶反射一排求援的眼睛
你越是骇怕
它们越是眨动不停

床上空空
你毫无睡意
让一枚图钉按住双手
你成为自己的作品
每一个参观者走过
你都嘀咕不停
悬崖下面是大海
而连阴雨经年
绝没有停顿

◎ 旧房子

空屋无窗

电风扇径自摇晃数年
风
凄凄冷冷
战栗从头浇到脚

酒杯已干
四周是水渍的刻痕
不知纪年的时刻
盛宴依旧
为谁摆阔

为谁?
霉菌如草疯长
随呼息之风柔软起伏

倏然,墙上有招引的手指
指着你的眼睛
不要回头
背后有白色身影闪过

让要来的都来
你无从等待
你听到无数残缺的足音
踏过荒原
穿过黑暗
向你走来

◎ 逃　遁

装上玻璃又怎样
灰尘铺天盖地
将你淹没

没有人

抬起一只手
拂净尘土
拯救阳光
秋天的树叶
堆积不散
群鸟被辞典夹死
成为经年的标本

脚印压断道路
远山背后涌来人声
如沸腾的暗潮
如沉闷的雷阵
你挽着爱人
无处可去
找一棵树爬上去
闭目合掌
窃窃私语
气喘吁吁

有消息传来
天空依旧下沉
每一次做爱
都似乎濒临最后时刻
不要带走我们
不要分开我们
让我们疯狂至死
留下一对完整的骨架
生日多么可笑
留下一颗牙齿
埋入地下
让恐龙考证

宋家伟

宋家伟，1957年1月生于安徽省蚌埠市。80年代初开始发表诗歌，在《人民日报》《博览群书》《诗歌月刊》《大家》《安徽日报》等报刊上发表诗歌、散文、书评、影评近300篇（首），并有作品在国内获奖。著有诗集《多雨时节》《多情的月光》《多梦的春天》《多诗的河流》《多思如潮》《多彩的大湖》，并著有《新编企业思想政治工作学》《邓小平理论概论》《"三个代表"重要思想概论》《千年欧公》（历史研究文集）等理论专著。诗集被介绍至日本、英国、德国、法国、意大利等国家。

◎ 淮河上，有一支古老的曲调

"吱呀，吱呀……"
漾在河面
飘在山坳
在古老的河道上
常常听到一支古老的曲调
老船工站在祖先
选定的支点上
演奏着永不变化的
沉重的曲调
伏下去，伏下去
拉起来，拉起来
在拉大的夹角中
填满淳朴和辛劳
在古老的曲调里
延续着艰辛和欢笑
"吱呀，吱呀……"
载走红的石榴黄的水稻
载来大的冰箱小的"电脑"
现代文明哟
潮水般地涌进这古老的河道
这儿，有爵士音乐
也有《拉网小调》
更有那想离离不开、想丢丢不掉的
古老而又悠远的曲调……

◎ 淮河恋曲

淮河是一缕多情的秀发
秀发蜿蜒千里
一直流淌到洪泽湖梳理

淮河是一个古老的故事
故事娓娓动听
一直上溯到大禹的哭泣

淮河是一段悲壮的相思
相思催人泪下
"望夫石"托起几千年的恋曲

◎ 夜　色

有时
夜色让我悲伤
掰开夜幕
月亮在空中飘洒泪光

有时
夜色让我惊慌
掰开夜幕
雷电在黑色中滚滚鸣响

有时
夜色让我开朗
掰开夜幕
星星都在天空中动情歌唱

夜色　夜色
我在夜色中
走进梦乡……

孙启放

孙启放，安徽含山人，1957 年 11 月 25 日出生。安徽师范大学数学系毕业，现供职于合肥职业技术学院。出版诗集《英雄、名士与美人》《皮相之惑》、随笔集《世界上的那点事》。

◎ 火　焰

当燃烧顺从材质
火焰，便顺从了精神

云的语言、风的语言、丛林的语言
——写出来，落在纸上
让一只游走在外的孤鸟
继续神秘

而火焰可以抽走温暖。如同
真理可以蜕变成谬误
肩头上一袭披风便是火焰
披风由红趋黑
你可曾见，黑色的燃烧？

那只鸟依然游走在外
看云舒卷成莲花，风平和成慵倦
看过火的丛林，一夜间狂飙大作
把残躯连同愤怒
吹向天空！

燃烧可以静止，火焰却不会止息
需要一只坚强的耳朵
才能保存住，与生俱来的狂想
你可曾见
鸟的双目积满神秘的泪水？

当月亮倾泻幸福，窗帘
落下一声叹息
我们怀揣一只鸟的鸣叫，坐进
火焰的怀抱

◎ 无妄之水

买通这斑驳的光影
啊，不要映照，不要惊扰
不要支离破碎
我与睡眠间相隔的
脆薄屏风

梦就要挣出身子
稳住。这巨大的容器
这盛满时光的旧居
让无妄之水，注入。无声
近乎肃穆
水之形，就是梦之形

这暗黑中的黏稠之物，依然是水
无风、无浪，而一丝消息
正在不明处悄然晃动
所有的吊诡，被静默简约
注入，如此缓慢
今夜之梦，想必不会被叫破

梦中也可以屏息。屏风之后
我不知道注满的无妄之水会不会倾覆？
去掉影子的尾巴
真相，就要从水面浮出头颅

◎ 松柏赞

尖锐的痛，如松针入背
而我开始惶恐：灯灭，影子如何分开？
毒药的历史
正从薄雾中显露出绛红尾翼

风举着云，最高的松枝挂上白旗
浑圆的钟声，使一场艳遇
对那位坐于松下，已了无气力的老僧
至关重要
市面上，松球已咳出松子

而那些难以计数的土冈，翻出新土
梳马尾的短腿的松，以整齐划一的孤愤
安静中慢慢长出牙齿

叶世斌

叶世斌，1958 年出生。中国作家协会会员，中国国土资源作家协会理事，安徽大学兼职教授，滁州学院客座教授。著有诗集《门神》、《倾听与言说》、《在途中》、《存在与象征》、汉英对照版《叶世斌诗选》、法文版《叶世斌诗选》，小说集《你走不出你的鞋子》。诗歌作品被译成日语、德语、俄语、希腊语、瑞典语、波兰语等多种外文，并入选数十种诗歌选本和大学教材。2007 年获希腊国际作家艺术家协会"国际文化—文学—艺术奖"。2008年获安徽省人民政府"安徽文学奖""中国诗潮奖"。2009 年获"中华宝石文学奖"。

◎ 那时秋天被雁群抬得多高

那个迎着秋光准备走向
湖边的人是我吗？他站在
我走来的路口，手臂
扬起虚构的帆影，被风
张开的衣袖就要把他掠过

他的眼睛摇晃着湖光
头顶的大雁升起两支长角
那时，秋天被雁群抬得多高
一串串雁声水漂似的
从湖面上划过。那个人

心里淌着表妹的眼泪
耳边环绕兄弟的呼唤
临行前母亲为他缝上那颗
扣住风的纽扣！而那是
我吗？还是他隔着一片叶子

离秋天越来越远？他在
持续的大风中穿起灰尘
湖边的草丛抹去他的来路
那个人是我。或者不是
他站在二十年前的秋天

湖水般清高，秋草般
清瘦。被他站得那么
深的凉意呵！他至今在我
那个缥缈的位置上站着
使我觉得，似乎生活在别处

◎ 夕阳荡漾着河流和山冈

秋天到来的时候，我正在
山脚下仰望。山冈把天空
变得高大。几只白鸟像提前
飘临的雪花，在林中闪烁
墓碑，山顶一批石头提拔
起来：似乎只有死亡

和松柏才能到达那么高的
地方！入秋之前，谁天顶的
云朵被闪电抽打？被风暴
提着？谁卑微的灵魂需要
安顿和景仰？祖父的田垄
围着山腰，被我精耕

细作，泥土翻开的情景
像一阵灰鸽扑在田亩上
夕阳，荡漾着河流和山冈
风中飘动的农舍，一支炊烟
把一种温度输入天堂。我的
敬畏和惊惶！也许阳光

只有降得很低才能够着
我，我无法承受巨大的
事情和神圣的景象！置身
崇高之境，我似乎被谁按了
一下：像秋风底部的一棵
草，像细向草尖的一抹亮

◎ 节约的秋天

泥土的气息，灌木丛

矢车菊和瓢虫，这些分散的
事物，在秋天的旗帜下聚拢
在秋风的带领下出发

真理，我们可能的言说
方式，被天气冷淡；崇高的
想象力，苦涩的智慧和爱
夕阳一样低落。似乎

秋天居住的都是衰老的
人，如同雨中都是流泪的人
丛林中走失的枝条，流云中
奔驰的月亮，和落叶

走在一起的坏消息
黄土坡让人想起秋天的脊背
和它内心的萧索。而存在的
信心，忠实的怀想，秋风

或秋雁一样凄美的歌唱
或许，秋天是一次节约
在其中，我们不是通过一棵
衰草或一株朽木，看到

光阴的样子，而是
从天空下，一面褪色的旗帜
一条穿插的道路看我们变得
多么深远，空虚和苍凉

沙 马

沙马，原名刘伟。1958 年 11 月出生。现居安庆市。1981 年开始发表诗歌，作品入选《中国诗歌年选》《中国最佳诗歌》《中国新诗年鉴》《中国诗歌档案》《中国当代诗歌导读》《安庆新文化百年》等多种选本。

◎ 一支大军

这是一支熟悉的大军，
蚂蚁们
列队而行。背着沉重的事物，一个跟着一个
朝同一个方向前进。

穿过石头、枯叶、人影和凌乱的风声
穿过繁荣与
荒凉，有条不紊地
默默前行。

此刻，我离它们很近。几乎是趴在地上
屏住呼吸，
不去
惊动到它们。

不一会，我看见最后一只蚂蚁，在大地上
迷失了，似乎是
一种感应，它在原地转了
一圈，又加快步伐，进入了大军的行列。

这样的工作，完美而有秩序，我感到
自身的疲惫和慌忙。
哦，该走了，悄然离开，
以后的路上，要和它们一样在前行中动而不乱。

◎ 以主观方式看海

大海，我以为，它太空了
空得内心发慌
空得没有思想的边界。
角鲨，鲸和鳄鱼

潜伏在海底，
表面上空无一物。

后面的浪花昼夜不停地
将前面的浪花
推向死亡。人的脑袋
受到了局限。啊——
我想起马克思的话：
运动，是本身自由的一种意识。

◎ 一只解剖学中的鸟

一只解剖学中的鸟儿
不知道它飞完之后，
还要回到一些问题里。

这是别人的问题
却构成了它的现实。
打开体内又能看出
多少飞的痕迹？

比标本晦涩。
比尸体漂亮。

没有人想到它
最后一次穿过广场时
投下了那么多的阴影。

101

卷·三

方文竹　王明韵　张建春　阿　成

白　梦　老　巢　叶　臻　查结联

江　峰　简　宁　吴　波　侯四明

海　子　钱叶用　石玉坤　祝凤鸣

许泽夫　蓝　角　詹用伦　朱克献

韩庆成　高　峰　石臼湖　应文浩

汪　抒　余　怒　汪治华　陈先发

杨　键　何　鸣　樊　子　洪　放　江　耶

罗　亮　邵晓晖　红　土　叶匡政　莫幼群

武　稚　章　凯　许　敏　阿　尔　黄玲君

方文竹

方文竹，1961 年 8 月出生，安徽怀宁人。著有诗集《九十年代实验室》、散文集《我需要痛》、长篇小说《黑影》、学术论集《自由游戏的时代》等各类个人著作 21 部。诗作获安徽省政府文学奖（2005—2006）、中国当代诗歌奖（2011—2012）等。入选《中国新诗 300 首》（汉英读本，2013）、《世界诗歌年鉴 2013》、《1991 年以来的中国诗歌》（2015）等。

◎ 周末，去了一趟北京图书馆

那么多的食客会见古人　今人
那么多的坟墓　那么多的谎言
锁链和笛手
那么多的牙齿与我同咬一只樱桃
谁的汁液照亮了世界
谁的碑石旁放下我的一只新鞋
饥肠辘辘　我摸到了风衣内的方便面
馆前的鲜花照样盛开

这是春天　我的感动我的澎湃
图书馆是一句巨型语言
我在句法里摸到了刀尖
馆前的鲜花照样盛开

前不见古人　后不见来者
我只是一个走进图书馆的人
走进自己的证件
馆前的鲜花照样盛开

◎ 宣州青瓷史

出发东门渡　水阳江南岸　古窑像花桥乡的
一颗痣　神会说是晨曦　散布在
营盘山　康王山　蛤蟆地　小竹园　宝塔山
灵性的土地处处眉目舒展　人性密会　小刀剔骨
审美的重量压迫人　实用的轻羽刷亮一个王朝
生活的青衣像翅膀一样张开　就会遭到命运的龙卷风追赶
五代十国　瓜棱大执壶开始探询生活的去路
唐人喜欢茶壶　饮下明月和美酒
双系罐里可以有一个人的迷宫
晚唐的太阳像稀粥　熬出了奇香的触须
宋人喜欢带把子的茶壶　便于流浪
元人将茶壶改用军壶　思乡的茧翻阅一帧旧皇历

明清的意境里包含着更多的妇人之见
那好吧　炮火年代鸟兽为座上宾
市场经济的小卖部　花丛中的金虫子在撒欢
那人左奔右突　像打鸣的公鸡不合时宜地撒播
一个填空题　问号的陶土越堆越高　压迫着他
阴影在梦中腾跃　裂缝在渐渐合拢
那人还在淬火　比星辰先行一步
盘碗壶樽炉盆　宝塔的同类　性情的容器
青　天空的颜色　河湖的颜色　比德的颜色
一颗露珠里望见大海　与值勤的窑火平分秋色
拍卖会上你说我说　时代的法器来自废墟
一声碎裂惊诧鬼神　三百里玉殒
像青瓷一样　时间以腰部为界
将我们分成上半身与下半身　不过她脆　且有泪不轻弹
以后我们还是要格外小心　绝技深怀

◎ 提篮子的人

他准备了梦的干粮　金属心　镜中景　月亮的锈
走过了暮春的必经之途
他知道　还有一只篮子不在他的手上
还有大神脱下的服装　圣餐的请帖　迷宫入场券
不在他提的篮子里
就像有时候　他提的篮子里空空
就像在小路上他提着烟雾和一座灯塔　有人告诉他
那边坟墓里很热闹　另一个世界里花繁果硕
必有另一个提篮子的人　和他一样
咀嚼着命运的残骸
驻足夜市广告灯箱下　他发现少了一个物件时
身旁走动着另一只篮子
他提着提啊　在万物中间疲倦　耗尽
这时才看到　在他的头顶上方翅膀提着天空
一个人终归看到大海收容了一切
直到　天地也是一只篮子
"这茫茫不朽的诗篇提着多少人世间感人的词句"

王明韵

王明韵，诗人、小说家、评论家，1961 年 11 月生，安徽省濉溪县人。中国作家协会会员，《诗歌月刊》杂志社主编。已在《诗刊》《花城》《山花》《作家》《大家》等发表诗歌、散文、小说2000 余首（篇），出版个人作品集 8 部。

◎ 进行中的大雪时断时续

一只蓝色翠鸟，在高处，在季节的斜坡上
抖翅。雪像一滴一滴的鸟鸣
弥漫着，并以逃亡的速度
漂泊着、停顿，然后继续上路
连河水和被冰封的部分
都隐隐感到了有鱼在走动

风挟持着云块，不知了去向
我缓缓后退着。我习惯逆风而行
在仰视苍天的瞬间
一缕微疼从心划过。一行大雁
在飞渡的乱云中迷失。一只鹰，蹲在石头上
一双目光漫不经心

我伫立雪中，像半根即将被大风
拦截的蜡烛；又像在风中
被重新叫醒的灰烬
白雪衬映之下，伤口一样醒目
我活在诗中，活在曾被
不经意遗失的细节里。我伸出手
向果实和落叶致意。磨难中
学习去爱更多：大地上熟悉而又陌生的一切……

一场进行中的大雪时断时续，就像苦痛
从未终止过。终有一天，我将被吹灭
但我要将泪水，留在雪花的纵深处
像生前被她洗礼一样，在死后
仍舒展在她高尚的部位。而现在
雪落无声，她静默中的勉励正向我聚拢而来

天空被擦亮，天黑以后，天空格外明亮

一切都被雪的光芒照耀。只有污浊的人
仍躲在暗处，耗子一样精心打磨着牙齿
我像试图接近一张白纸的笔或蓝墨水
在迟疑中消耗。因为诗，我将隐忍下去
呼吸着雪的品质，呼吸着槐花的心跳
在悲悯中恪守内心的方向

◎ 让最大的梦，还原为小小的雪
——兼致室内的一株三色梅

在书房，在我痛苦而又幽暗的背后
在站立的词语和倒状的文字之间
在我试图锁上门扉扔掉的刹那
一树梅花悄然开放了：红、白和浅绿
像一个个生动的诗歌的句子，在漫长的冬季里
安慰着我。我看见她的躯干上
一粒虫卵正准备在第一时刻受孕

花蕊在传送。来自海洋的风，带着咸腥
和外部世界沟通的可能越来越小
只有和雪花遥相呼应
一抹愁云被教堂的诵经声打断
一颗沉潜在诗中的秘密的心脏
钟摆般忧郁恢复平静
它的左边是硬块，右边是一片开阔的软组织

从叛逆开始，转向反面
在挣扎中分裂，自己是自己的供体
要分裂成另一朵，另几朵，或者更多
让最大的梦，还原为小小的雪
让冰凌成为澹滴
让一张彩色的、印满蝶翅的糖果纸
从苦涩的胎衣中脱颖而出

大洋彼岸，西尔维娅·普拉斯小鸟依人
"亲爱的，每个夜晚
我都在轻轻抚你，忽隐忽现
被单沉重得像一个纵欲者的狂吻。"
黎明时分，一些枝条不堪重负
一摊雪舍身而下
我则在梦中，压疼了另一只胳膊

关于梅花，以前我总爱折下一枝
插在写字台上的笔筒里
算是左手送给右手的礼物
现在，我想把自己也嫁接上去
用植皮的方式，在她的伤口处深入浅出
活到一个合适的年龄。活到死。只是我不知道
我放上去的，是不是一把盐末……

◎ 沉香辞

我应该是一个野种。即使
被家养，骨子里，我仍然是
在青春期，我就想开花
想象着在暧昧的光芒中
沉醉于荒野，纵体入怀
怀孕肿块、伤口、腐朽
甚至是死亡的气息
我用花朵
放飞满天星辰
荷尔蒙，这昂扬的膏脉
在沉浮中融入水
因为女儿香
水乖顺了
侵略者放下了武器
我多么渴望拥有无数的
凹凸、毛孔，让虫子、蝙蝠

飞进来，咬噬我、歌唱我
还有那些大兽、小兽
在黑暗中亮点烛光
有一滴泪，通天彻地之爱
在心中一直没有被说出
现在，它凝结
它悬于悬崖，根植命中
我的脂油之泪
它要么凝结，要么自解
刀斧丛下，我意外获救
一窝虫卵，也是盛宴
今生只为爱活
我以我之伤口
植入爱，在你的身体里
复制我。我已朽烂
而小檗正在长大
作为不安分者
水深火热中
我依然暗香浮动

◎ 艾之十四行

一生和艾打交道，我爱艾
艾在这里、那里。艾即爱，它飘逸
在我穴位里说话，四体百骸间
仿佛巫术，仿佛咒语

用艾叶、艾炷，灸耳朵
蝴蝶在飞，天宇湛蓝，世界安好
用艾条，灸耳朵。它小小的
暗藏火焰的热、苦、清香
掠过，抚摸，飘向窗外
下雨了，雨水浇灭耳鸣

三月缓慢，一池蛙声
有些颤抖。关于疾病，未被治愈
人间四月，春风柔软。艾，灸，灼也
我炉中炭火，我掌心里的阳光

◎ 水　颂

大风止兮
止于远山近水之间
从波浪中退出的岩石
像一截松软的骨头
开着花
但不结果
混杂着泥浆的水
正收缩起皮肤
把云梯
从身边挪开
把白纸的床单抻平
并写下困乏的文字
马被拴在了木桩上
墙上的鞭子
成了静物
不再惊动去年的雪
水转角成断渠
从这里到那里
从凸处到凹处
涂满冥想的白
因水而生，临水而居
痛的时候流泪
爱的时候流血
一双恍惚的眼睛
一个运行中的水库
它将在沸腾中
养育万尾鱼苗

将在平缓无波时
进入主汛期
沙床挽留不住它
它正沿着草皮般的沟汊
四处散去
它要在流经荆棘丛时
亲自采摘蜜果
它要淹没我
而我正在裂开
它要灌满我
而我仿佛是空的
水走很远的路
它胁迫我移骨换位
去爱那些看不见的事物

张建春

张建春，20 世纪 60 年代初出生，现居合肥。任肥西县委宣传部副部长，《肥西报》总编，系安徽省作协会员、安徽省诗歌学会副会长、安徽省散文随笔学会副秘书长，业余从事文学创作多年，著有散文、诗歌集各 4 本，发表各类文学作品近千篇（首），曾获国内奖项多次，作品选入多种选本。

◎ 墓

从今生来，到来世去
一条船搁浅
小河无水，大河不满

跪拜于地，和爷爷奶奶说话
一层土隔离
梦软化的尘埃

泥土是泥土，青草是青草
叩下的声音，血的流动
扎不进
一朵纸灰的厚度

花草流浪，大理石墓碑
草编的太阳
到夜间，发出询问
谁在这守候

◎ 转　身

转身为果，春天最常见的事实
在门楣上写下自己的誓言
在书的缝隙里夹进四叶草
把消息传出
幸运至此，只能用转身表达

四月天，雨困厄了我
对着一把透明的伞
开出寂寞
转身而来的淡蓝色小花
用地丁的名义，说出故乡的名字

还有一种转身叫芸芸众生
他们列队
背离炊声、灯光、倾杯、爱情
人间烟火如坚器
拈不上指尖

◎ 蚕

桑的正反面
拉一条羞于提问的长线

叶在树上，叶在筐中
狂草于腹里，蚕消化春天
还给菜花金黄，转而结籽

庐在草枯里，午季菜根香
小鸟啾啁，蚕的卧室
四面光亮朦胧
一双翅还软着，等风吹坚硬
等咬破的前因后果

蚕还如蚁，桑叶鲜嫩
对于蚕的微尘
啃开叶脉，就渡过一条河
凿开一条渠，攀上一座山
春深处，细雨霏霏

◎ 豌豆花与蚕豆花

不识两种花。城市的通病
两种豆子分得清
花香在枝头
果实摆放街口，供挑选
苹果和橘子两样滋味

走在田野，麦浪连续
豌豆花、蚕豆花就在中间
相互递去眼色
谁吸引了一枚蜂
谁属于早恋的青果

城中的春穿在人身上
农事的花含在嘴里
抬脚踢起了枚石子，恰又击中
我的目光，乡愁痛了
如两朵不一样的花

阿 成

阿成，本名詹成林，1962 年 2 月出生于皖南。安徽省作家协会会员，安徽省池州市作家协会副主席。在《诗刊》《人民日报》《诗歌月刊》《清明》《安徽文学》等报刊发表诗作 1000 余首，曾 10 余次荣获诗赛、征文奖，有诗作入选《华语诗歌年鉴》《2013 年最佳爱情诗选》《中国实力诗人作品选读》《当代诗歌精品赏析》《安徽文学 2014 诗歌年选》《2014—2015 中国年度诗人作品精选》《中国当代诗人代表作名录》等多种选本。

◎ 一座山的疼痛

一座山的疼痛
是砍伐的疼痛、挖掘的疼痛
也是植物动物的疼痛。
有时是纵向的，是钻头击碎岩石的疼痛
有时是横向的，是树木轰然倒塌的疼痛。
在我居住的小城，曾看到另一种疼痛：
挖掘机和机械手把钢铁伸入山的胸腔
用轰隆隆的声音鼓捣它的五脏六腑
一车车地运出岩石和泥土，运出
山的血肉和力气——
那是开膛剖肚、割心剜肺的疼痛。

……疼痛的山也会喊叫。
用暗疾、内伤喊叫
用恶劣的气候、流失的泥土
和洪水、干旱、不能确定的阴晴冷暖喊叫。
雨季，我曾无数次看到它
张开粗糙的大嘴，用褐色的液体
吞咽山脚的村落和居民
以暗无天日的条规
给过度索取的人类封口。

……我还看到另一种喊叫
当汽车进入一座座山脉的腹腔
——那一条接一条的幽深隧道
用整整一座山的气力和共鸣
发出震耳欲聋的喊叫
——像愤怒，像悲鸣
像肝肠寸断的哭泣。

◎ 简　单

我爱简单的事物
譬如白菜的白，天空的蓝，黄狗的黄
老牛会流泪，猪羊会被杀……

我爱简单的事物——
玉米是甜的，苦菜有苦味，稻谷有锋芒
泥鳅会从河的下游
散步到河的上游……

我爱简单的事物——
松树会落果，丝瓜会爬墙，月亮有圆缺
小小的蝌蚪
会变成蹦蹦跳跳的青蛙……

我爱简单的事物——
公鸡会打鸣，母鸡会下蛋，河水有涨落
黑黑的蚯蚓
会在泥土里穿针引线……

我爱简单的事物——
枯木会腐烂，蛇蝎会冬眠，粮食会归仓
动物植物没有江湖的凶险……

◎ 怀乡之诗

我写过的桃花在密林中落了
涧水把它送到远方
山冈上紫赤的杜鹃正随风翻滚、吐艳；

我写过的流水已被青草染色
它有碧玉的品质，亦有丝绸的身体

又软又硬的嘴唇，在峡谷中涨落
舔破了石头的盔甲，咬碎了古树的暗伤；

我写过的青山，一半崭新一半衰老
它们有和村庄一样顽强的定力
也有和夕阳一样落寞的心情
男男女女的青年外出打工了
一座千年古村就要被野花占领；

我写过的油菜，青葱翠绿，平凡朴素
它们匍匐在四月的田垄间，像熟悉或陌生的乡亲
有恰到好处的亮色、弧度
太高则被狂风折断，太低则失去不多不少的自尊；

我写过的古塔有三座，它们分布在横江两岸
既有明清的古老，也有现代的衰落
一座已坍塌过半，一座已失去右肩
另一座我想和它说说心事，它却摆动一头
纷乱的毛发和胡须……

121

白　梦

白梦，1962 年 6 月生于安徽桐城，本名汪艾东，现供职于安徽省
桐城市文联。中国作家协会会员。出版诗集《白梦真情诗选》、
长篇儿童故事《晶晶和龙龙》、长篇历史小说《父子宰相》（与
陈所巨合著）、文史随笔《风雅桐城》等。曾获中国作家协会、
中华文学基金会第二届"庄重文文学奖"、文化部第三届"蒲公
英少儿读物奖"、第五届"安徽文学奖"、第二届"安徽社科文艺
奖（文学类）"、安徽省第十届"五个一工程奖"等。

◎ 感知春天

清晨在太阳出来之前
生命以一千种方式苏醒
梦的残片如精制剪纸
那被露水沔沔打湿的
张张都是你的影子

谁使风之手抚摸我
使水之衣覆盖我
使每一片绿叶陶醉我
在野荠菜朴素的小花里
我感知春天最最神秘的悸动

生命被季节整个贯穿
语言成为多余
一切经验成为多余
我们对视
一只眼睛是天空
一只眼睛是大海
从前的心思深不可测
那么就用爱来冲洗它吧
在你面前
我愿是清溪

◎ 相　知

夏天在季节之外
我因寒冷而瑟瑟发抖
所有的阳光再不能温暖我
所有的风再不能抚爱我
除非在你的目光里
123 那太阳和月亮的阳刚与阴柔

那东风与南风的强劲和温暖

隔着亘古的鸿沟
隔着忘年的冰川
最初的爱纯洁如雪
最初的爱脆弱如雪
假如你有一丝犹豫
假如我有一分私心
那么相知定会成为错失
成为永难弥补的遗憾
多少人错过机缘
一辈子同床异梦
多少人由于片刻的迟疑
将爱活活窒息

在万籁俱寂的夜晚
我的感动是最最彻底的感动
使花儿流泪鸟儿噤声
面对星辰永夜的眼睛
默默地合掌相心
你活着或许有多种意义
而我活着　　只为爱你

◎ 别峰禅寺

将一生的泪水都流在这里
将禅心化作七宝池
我从病骨支离中
拣出历劫千年的种子
送它回家

涉过水流的人
吃过阿伽陀药的人
从边地到化城

124

在忉利天仁慈的回眸
刹那间，禅机已破

当芬陀利花开放
散发前世功德的芳香
我仍被尘垢污染
重堕烈焰、无知和欲望
我是个福薄的人
没有泪水回馈恩情
没有相思拯救相思
恒河岸边，三生石上
情节残破，故事迟迟不肯落幕

我必以血书经，燃脂为蜡
直到天雨泪，泪雨花
直到细雨中行色匆匆的人洗尽芳华

听！钟声敲响
穿过一道一道屏障
仿佛一次又一次地抵达

老 巢

老巢，原名杨义巢。1962 年 10 月生于安徽巢湖，现居北京。诗人，影视编剧，导演。中视经典电影工作室主任，诗歌中国网主编，北京作家协会会员，中国诗歌学会会员。出版有诗集《风行大地》《老巢短诗选》《巢时代》《春天的梦简称春梦》等。作品入选《中间代诗全集》《新世纪 5 年诗选》《北大年选·诗歌卷》等选本并被译成英、日、俄、西班牙等多种语言。编导专题纪录片《永远的红烛》《敦煌百年》《启功先生》等，获政府星光奖。国内首部反映当代艺术家生活的长篇电视连续剧《画家村》的编剧和导演。执导 23 集电视连续剧《兵团往事》，并担任制片人。

126

◎ 春天的梦简称春梦

桃花挂上枝头
是三月群发的短消息
手握桃花我们相逢何必曾相识
水面漂浮的一瓣两瓣是旧情也是新欢
桃花开在内心
我们止不住的泪水从梦里流到梦外
因为喜悦和疼

春天的梦简称春梦
睡懒觉的我们醒的正是时候
桃花遮蔽双眼
桃色里的早晨处处闻啼鸟
怎么听都有恋爱的痕迹

◎ 多年后的清明当我已不在人间

我爱人还在，她已宽恕我生前
所有的荒唐，只剩下对我的想
她用乡音给每一片树叶讲我的故事
我的后代漫山遍野，春风吹又生
与我擦肩的岁月在我相片前伫立
酒肉朋友们冒雨赶来背诵我的诗篇
多年后的清明当我已不在人间

和我今天所追思的亲人们在一起
和爷爷奶奶外公外婆老祖宗们在一起
他们现在天上，那样看着我
看见一连几天我醒来时的泣不成声
知道我今年不能回去给他们上坟
知道我此刻写的每一个字都从泪水里
泡过，像一滴滴雨挂在半空中

127

多年后的清明，老巢已不在人间

◎ 我的态度就是时间的态度

在你的句子里等你
看泡在杯中的绿茶一片片
沉入底部

客厅亮着
卧室与书房的灯
开与不开　你到了再说

飞翔的鱼　游泳的鸟
这种说法一点也不涉及
天空与海洋

作为老巢
我的态度就是时间的态度
来了去　进了出
是早晚的事

叶 臻

叶臻，本名叶有贵，1963 年 2 月生，安徽宿松人。1983 年开始文学创作，迄今已在《诗刊》《星星诗刊》《诗选刊》《诗歌月刊》《扬子江诗刊》等报刊发表诗歌作品，有诗入选《60 年诗歌精选（新中国六十年文学大系）》《1991 年以来的中国诗歌》《新世纪诗典》《中国口语诗选》《中国诗歌精选》《中国最佳散文诗》《改革开放三十年诗选》《中国诗歌年选》等选本，著有诗集《拾穗的王子》《开春大典》。

◎ 春天的佛事

用鸟鸣、花香、菜园里的青菜叶子
刷一刷在柴院里冻了一冬的旧水桶
刷一刷那个拎桶的人
拎一桶山间的泉水，途经山下的寺院
寺院的住持正在做着开光的仪式
这有缘路过的泉水，不摇曳，只荡漾
取一瓢是露，给花香披一身水晶的袈裟
取一瓢泼于菜园的泥上，让青菜的根茎
顶一柄开花的拂尘
再取一瓢煮出几缕升腾的青烟
飞到白云里去，让鸟鸣飞入高处时
给天空诵几句经文
剩下的半桶，浇那个拎桶的人
水桶空了，那个拎桶的人不空

◎ 三根头发

我从一堆煤里，发现了三根头发
一根是黑发，一根是灰发
还有一根是白发
在煤堆里，白发就是灰发，灰发就是黑发
总之，是三根染黑的发——一根青年的发
一根中年的发，一根暮年的发
也就是三根煤的头发
煤的里面有死亡的气味，也有生命的气息
我把煤装上汽车、火车
我把煤撂进炉膛
三个走在火苗上的人
漏出了一炉底的煤渣

130

◎ 一地碎泥

泥捏的女人站在博古架上
看不出她的身体里
有什么想法已经行动
风不吹，人不碰，她在一个夜晚
神不知鬼不觉地跳了下来
连摔碎的声音也没有惊动夜晚
第二天早上，我发现了一地碎泥
我捡起她摔碎的头颅、摔断的四肢
摔烂的身子，并随手扔进了
窗外那个废弃的花盆
经过了一些风，经过了一些雨
冬天过了又是春天。你看啊
花盆里躺着的烂身子
长出了一株娇嫩的麦苗
哦，是身体里的一粒麦种
让她在博古架上骚动不安
让她在一个夜晚粉身碎骨
她是泥捏的女人，她是泥啊
是泥，随便放在什么地方
她的身子就要开口说话，就要长庄稼

查结联

查结联，1963 年 5 月生，安徽怀宁人。曾任安徽师范大学《江南诗刊》主编，先后在中国新闻出版报社安徽记者站、安徽省新闻出版局、安徽省文化厅任职。著有诗集《赠你一片蓝天》（1993年)、《时光渡口》（2015 年)。

◎ 饥饿的狼

饥饿。

幽绿的苔藓
诱惑你
诱惑你昔日的利爪
但你的痕迹
再也不会烙于其上

火红的狐尾
于灌木丛里
向你招摇
挑逗你失却的威仪
你再也不会想到
你今天的孱弱
会将你世代耸立的尊严
彻底埋葬于脚底

你蛰伏着
蛰伏于深涧般的悲苦

如同那深深的峡谷
巨大的压迫沉重降落
你干瘪的腹下
大地的律动
召唤你再次复生于森林

森林。

你想起那美丽的少年
他新鲜的血液
仿佛还沾在你的喉管

仍没有滑进
你那永远填不满的穹隆
你想起那柔顺的羊羔
（你突然发现你没有兄弟）
是多么可爱的小弟呀
但它的骨髓
都已历经你的肠胃
融入你的躯体
伴随你所有灾难

饥饿沉淀了你
也沉淀了一切
晚了！

◎ 狼之独白

苦难如陨石般普降大地
森林之火如海之波涛
在一次次痛苦与生命的抗衡中
我的心演化成坚硬的黑色岩石

伫立山坡，悠然远眺
那失却爱子爱女的年轻的女人们
她们的泪滴洗刷去我之悲凉
她们的哀啼使我充满舒心的慰藉
肝脏。大腿。头颅。臂膀……
血和肉喂养了我之疯狂
我柔软的毛发闪现扑朔的辉光
微风过处发出树叶般的鸣响
在我利齿清脆的伴奏下
升华成美妙动听的交响乐章
我以反抗灾难的沉重砝码
掷向制造灾难的另一天平

以敏锐的嗅觉和空前的残忍
我捕捉一切发泄的对象
在胜利的旗旌下
我满足肚皮无以充实的欲望
我想，有一天我可能
也会葬身异类或同类尖利的齿下
但我之子孙将永不断绝
以加倍的仇恨和更为浓烈的恐怖
敌手，将被彻底征服！

自我死亡同时制造死亡
在生与死的边缘
主宰一些又被一些主宰
但我之血液永远流曳杀机和蛮横
向着天空的迷蒙大地的苍茫
我频频投掷无以穷尽的灾难

江　峰

江峰，生于 1963 年 8 月，安徽淮北人。作品有长篇小说《浮堡》、诗集《虹：霜夜箴言》《词铸的丰碑》《证言和颂》。先后在《诗刊》《星星》等报刊发表诗歌 600 多首，并有作品入选数十种选集。先后获中纪委报告文学征文一等奖、《诗歌月刊》2012 年"桃园杯"世界华语诗人诗歌大奖赛特等奖；2012 年中国散文学会散文大奖赛一等奖；淮北市委、市政府（1985—1994）文艺创作一等奖及文艺类先进工作者称号。数次在全国水利电力职工文学创作大奖赛中获单篇作品奖和优秀著作奖。现为安徽省作协理事，淮北市作协副主席兼秘书长。

◎ 稻草人

我守不住任何一次
丰收。长袖飘飘
不能抵御
进攻与偷袭，只能
暧昧的和过眼的事物
致意或再见（秋后贫瘠而荒凉）
目不斜视；大风中
为未能迈出半步
笑得前仰后合

"小鸟，快快叼走
最后一粒种子
不要让它在我切齿的牙缝里
发芽
以免再遭遇一次毁灭"

◎ 在有雪的草原上行走

到处是雪，脚印
总被雪抹去；哪边是北
在有雪的草原上
行走　伸出的拳头
能打碎一片雪花？
一片白色的冷
让一滴水在空茫中
幸福地落下？

雪　寒冷，坚硬，苍白
踽踽而行，哪边是北
雪下，磨刀霍霍的春天
那反抗的草芽

137

还能在我心上
刺出一滴血吗
让有雪的此时
泛起一点火的颜色？

一滴泪滚烫且含有盐
穿过风，瞬间变成一片雪花
像灰烬或旗帜一样飘飞
消失；在有雪的草原上行走
哪一片雪是彻骨的伤痛
哪一粒哺育生命的盐是泪的结晶

泪能使雪溶化成海？咯吱
咯——吱，在大雪纷飞的草原
我看到了海，草海　人海　盐海
泪海；我知道其中的关系
但我总弄不明白
世界上最咸的水域
为什么叫死海

简 宁

简宁，本名叶流传，1963 年 9 月生，安徽省潜山县人。先后毕业于中国科学技术大学、鲁迅文学院第 1 届研究生班。主要作品有诗集《简宁的诗》等 3 种、电影《赵氏孤儿》等 5 种、电视剧《红衣坊》等 5 种、翻译小说《女巫》等。

◎ 打谷场上

一架梯子奔跑
风抽打着屁股

大气里的一架梯子
跑到大路的尽头

梦见草垛下睡熟的孩子
泪花里的夏日闪电

一架梯子
在大气里跑着

簸打麦子的母亲
上上下下张翕着双臂

一架奔跑的梯子
被风抽打着屁股

梦见岩石间兀鹰的卵
还有水晶屋檐

一架大气的梯子
跑到大路的尽头

一颗颗汗珠摔倒在飞翔的阴影里
一捆捆柴火漫山跑来

◎ 回　旋

这是重复的时刻。这是
光线从喉管崩溃的时刻

被烟熏黑了的词
砌着堤坝，在血液里
恳求的嘴唇间塞满了卵石

什么能照亮内心和远处的物质
一只从雾里飞来的鸟
又溺死在盈盈泪水里
忍受厌倦，也厌倦了忍受
此刻即是明天，我已经
活过了漫长的一生
仿佛一个秦或清的鬼魂

◎ 小　星

天空睡了。细小的星子
微弱的，黯淡的，沁凉的
喘息
就这种时刻，有摸黑赶路的人
嚓嚓的火粒激溅

在一片泪水似的群星里
只有参、昴二宿
像两朵雏菊闪耀
一边是黑暗里击打脚踵的沙子
一边是衾被、绸帐，漫长的呼噜

◎ 干　旱

下雨的时候总会有人伫立窗前
脊背微湿，嘴里吐出烟雾
外面雨丝霏霏，而他的眼睛是
空的。
空的，多年前的一场大火劫掠了全部葱茏。

141

在一双苦涩的眼睛里你将看不到照耀
在一双苦涩的眼睛里戈壁滩上波涛的残骸凸凹。
我瞪眼目睹爱情在我的怀里
像一条失水的大鱼或我最小的儿子
抽搐着死去
而我束手无措。

夜是湿的。哪里有水
什么样的水，洗润我的眼睛
我如果发问，四周漆黑的群山
将响起许多笑声。

◎ 静　物

午夜的灯盏下，桌上的一只苹果
静静地，仿佛一种目光
飘盈，漫游者猝然收步
白纸如雪映照着一声
嘀嗒，有力而浑圆

所有的词，所有海边的泡沫
波浪向天穹伸开
柔韧光滑的手掌
渐渐围拢的寂静
宽阔，仁慈，犹如母亲的慨叹

都是孩子，果树和果园
舞蹈的少女，瀑布和塔楼
伫立的，奔跑的，一声声嘀嗒
从生到死，在路上，这苹果的皮肤上
移动的光斑，将照耀我

抚摸我，直到一柄刀子灿亮现身
一声嘀嗒的一半，嘀嗒，有力而浑圆

吴 波

吴波，1963 年 12 月生，安徽省长丰县人，现供职于安徽省淮南市财政部门。20 世纪 80 年代初开始诗歌和散文诗创作，作品在《诗刊》《星星》《绿风》《诗选刊》《北京文学》等刊物发表，多次入选全国诗歌选本。著有诗集《金草帽》《揣着淮河过冬》《诗野犁痕》《我是你的影子》、散文诗集《倾听》，主编出版有散文集《民生散文选》和诗选集《根系》。

◎ 领到免费课本的许小禾

早晨的石头铺小学
秋天的阳光照着一个瘦小的女生
照着她沾了泥浆的脚丫
怯生生的许小禾
一个苦孩子

免费课本，扉页
淡蓝得像一片天空
我写上了她很土很有诗意的名字
禾苗一瞬间拥有了自己的蓝天

一阵风
一只小蜘蛛和一枚银杏叶
飘落在她语文书的封面上
许小禾把小蜘蛛轻轻地吹去
把银杏叶小心夹进了书页间

◎ 稻穗下的秋虫

最为动人的时间，临近晚秋
叶片纷纷地由边沿卷起
向着自己萌芽时的中心靠拢
好像已经忘却了生长的烦恼
无声无息地往返，从稚嫩
到把土地染成金黄

虫子的体态丰满，翅膀透明
为了整个秋天好像还要跳动一次
仿佛即将要把飞翔的带走留下
之后，去无身影

144

它们的天堂也许比土壤还要低
低到自己的心里。在稻香间

飞翔、跳跃，驮着明朗
难道它就是我儿时放生的
一只蚱蜢？蓝天辽阔
稻浪汇着淮河边的金子，我贴紧着
却达不到一粒稻的饱满，我要丢弃掉一部分
曾经的苦难。想飞
把大地的幸福化为己有、隐匿着
直到我所知道的遥远

◎ 回　忆

流水阻拦了那些被风推移的
小火苗。野火烧过的冬天
烧荒的孩子是何时返回的呢
流水带走了稚嫩的影子

此刻，我们的几茎白发
和那些碳化的蓖麻秆
在时间差里，形成了对比的真实

这个冬日的下午
我们无目的地走到
不知名的溪边，像是站在时间的边缘上
任由我们寻找记忆里的
树丛、草芥、飞鸟和风掠过时
空气里的窸窸窣窣的微妙的声音

单调的景色已足够我们幸福
傍晚前，我们要退回城市
退回到各自的不同商标的灯下
做着一些近乎偏执的，诸如

涮洗碗筷、检查博客和熨平皱纹的事项

那个烧荒的孩子呢？
流水已经带去了他的影子
我又想象了一遍火苗跳跃的姿势

侯四明

侯四明，1964 年 3 月生于安徽宿州。现供职于宿州广播电视台。作品散见于《诗刊》《散文》《福建文学》《安徽文学》《诗歌月刊》《星星》等。多次在诗歌赛事上获奖。作品入选《安徽诗歌选》等多种选集。出版文集《蝴蝶，回家的花》等六部。安徽省作家协会理事。

◎ 流　徙

类似于溃疡，有着必然积聚和溢出
那平静的坟起，是一些变乱
暗沙流动，类似于蜻蜓在水面上
寻找一些枯枝，类似于风击白云

那漂流瓶负载了时光的淫威　那大海
撕扯着无际的笑声，类似于鞭下的白马
我认出了自己：类似于犹疑中的锈蚀
类似于被齿轮紧咬的链条

没有什么药片能止住流徙，路过之后
仍是路过，类似于秒针
从自己的身体里一次次跨出　类似于蝶翅
无尽的对折，类似于逐渐扩大的年轮

类似于病找不到药方，类似于手
抓不住稻草，转折追赶着转折
无法终止的雇佣，独自于更远
而洁白，已经在悠长的迟钝里失明

◎ 体内的法庭

我想：这是涟漪瞬间失去了动
数十年来，隐身于这样的标本
轨道上，越发趋于有名无实的婚姻
并且压下了身体的出行

是一种遵循，使虔诚失去了呵护
一旦上路，休眠着迎向风
是无形的纳粹，使你放下冲突
甚至无视偶尔升起的忧伤

不可能达到的领域，既定的套路

148

使清醒变得天真：类似的遮蔽的经验
这是后天的迷失，抑或在先天
已脊椎骨一样发育在身体的全局中

而那些沉淀，无法进入追诉
哦，悼亡有一个延长线，有长长的回音
前路留下的脚印，晦暗而对峙
我想：我已经准备好了

◎ 徘 徊

静有深渊的阴冷：那些飞来
又飞走的候鸟，一再葳蕤
而蜜蜂松针的啄，是嘹亮的
峰峦，摇曳着春光般的诱惑

流年一再被喊走。茶杯中的
风景，弥漫着丝缕雾气
没有泪水突然迸发：一枚石子
沿峭壁放逐，有短暂的停歇

熔铁在冷水里悸叫。失贞的季节
厌弃安慰的挽歌。你的身体
八面透风。骨缝的那些巷道
走动着朔风：门户挂满冰凌

有古老的绊倒。弹簧和皮筋
玩弄一些欲望；有巫术
施云布雨，枯瘦的指爪飘摇
树叶猛跑，类似于梦魇的扣留

那些事物的脐带，正开始脱落
吸盘扬起湿润的空洞，蚯蚓以其
萎靡，反复模拟着不能复原的
怀旧：模拟蜗牛弯曲的涎水

海 子

海子（1964—1989），原名查海生，出生于安徽省安庆市怀宁县高河镇查湾村，当代著名诗人。海子在农村长大，1979 年 15 岁时考入北京大学法律系，1982 年大学期间开始诗歌创作。1983 年自北大毕业后分配至北京中国政法大学哲学教研室工作。1989 年 3 月 26 日在山海关附近卧轨自杀。

◎ 亚洲铜

亚洲铜，亚洲铜
祖父死在这里，父亲死在这里，我也将死在这里
你是唯一的一块埋人的地方

亚洲铜，亚洲铜
爱怀疑和飞翔的是鸟，淹没一切的是海水
你的主人却是青草，住在自己细小的腰上，守住野花的手掌
和秘密

亚洲铜，亚洲铜
看见了吗？那两只白鸽子，它是屈原遗落在沙滩上的白鞋子
让我们——我们和河流一起，穿上它吧

亚洲铜，亚洲铜
击鼓之后，我们把在黑暗中跳舞的心脏叫作月亮
这月亮主要由你构成

◎ 面朝大海，春暖花开

从明天起，做一个幸福的人
喂马，劈柴，周游世界
从明天起，关心粮食和蔬菜
我有一所房子，面朝大海，春暖花开

从明天起，和每一个亲人通信
告诉他们我的幸福
那幸福的闪电告诉我的
我将告诉每一个人

给每一条河每一座山取一个温暖的名字
陌生人，我也为你祝福

愿你有一个灿烂的前程
愿你有情人终成眷属
愿你在尘世获得幸福
我只愿面朝大海，春暖花开

◎ 日　记

姐姐，今夜我在德令哈，夜色笼罩
姐姐，我今夜只有戈壁

草原尽头我两手空空
悲痛时握不住一颗泪滴
姐姐，今夜我在德令哈
这是雨水中一座荒凉的城

除了那些路过的和居住的
德令哈——今夜
这是唯一的，最后的，抒情
这是唯一的，最后的，草原
我把石头还给石头
让胜利的胜利
今夜青稞只属于她自己
一切都在生长

今夜我只有美丽的戈壁　空空
姐姐，今夜我不关心人类，我只想你

◎ 五月的麦地

全世界的兄弟们
要在麦地里拥抱
东方　南方　北方和西方
麦地里的四兄弟　好兄弟
回顾往昔

背诵各自的诗歌
要在麦地里拥抱
有时我孤独一人坐下
在五月的麦地　梦想众兄弟
看到家乡的卵石滚满了河
黄昏常存弧形的天空
让大地上布满哀伤的村庄
有时我孤独一人坐在麦地里为众兄弟背诵中国诗歌

◎ 四姐妹

荒凉的山冈上站着四姐妹
所有的风只向她们吹
所有的日子都为她们破碎

空气中的一棵麦子
高举到我的头顶
我身在这荒芜的山冈
怀念我空空的房间，落满灰尘

我爱过的这糊涂的四姐妹啊
光芒四射的四姐妹
夜里我头枕卷册和神州
想起蓝色远方的四姐妹
我爱过的这糊涂的四姐妹啊
像爱着我亲手写下的四首诗
我的美丽的结伴而行的四姐妹
比命运女神还要多出一个
赶着美丽苍白的奶牛　走向月亮形的山峰

到了二月，你是从哪里来的
天上滚过春天的雷，你是从哪里来的
不和陌生人一起来
不和运货马车一起来

153

不和鸟群一起来

四姐妹抱着这一棵
一棵空气中的麦子
抱着昨天的大雪，今天的雨水
明天的粮食与灰烬
这是绝望的麦子

请告诉四姐妹：这是绝望的麦子
永远是这样
风后面是风
天空上面是天空
道路前面还是道路

钱叶用

钱叶用，1964 年 7 月生，原籍安徽枞阳，今居北京。中国作家协
会会员。1982 年《诗刊》第二届"青春诗会"成员，1986 届中
国作协鲁院学员，1986 年全国第三届青创会出席代表，1987 年
南京大学作家班成员。国家级单项图书奖和省部级优秀图书编辑
奖获得者。历任安徽人民出版社、安徽少儿出版社编辑，新华社
安徽分社文化中心主任总编辑、供稿中心主任，联合国教科文组
织《信使》中文版执行主编、教授，中国致公出版社执行总编、
编审。出版著作有诗集《一个孩童的旅程》《积木城的太阳》、散
文集《十二只黑天鹅》、诗选集《南中国诗草》等。《积木城的
太阳》曾荣获中国冰心儿童图书奖、中国教育图书一等奖。

◎ 海浪正在逃向宇宙

有许多怀念
在那深不可测的海底山谷
有许多樯桅的枝条
在这大海高高耸起的树冠

而海浪正在逃向宇宙

一切都无法诉说
那些陨落的星群
在波涛里曾嵌成沉默的花环
只有游鱼仍然向大陆架冲打

而海浪正在逃向宇宙

这似乎是一种严肃的法则
什么也不曾预示
有一条独木舟逐日漂流
谁也说不清是在寻觅海上漂泊的灵魂

而海浪正在逃向宇宙

这些都十分真实。不信
你血管中的血液正在逃向空气
你眉睫下的目光正在逃向未知的岁月
你的声音正在逃向你自己的胸膛

而海浪正在逃向宇宙
所有的浪花都蜂拥着浪波
在破碎的肉体上盘旋着泡沫的气息
那零星的岛屿在天风中瞭望
海面让古老的炭火映得通红又通红

156

而海浪正在逃向宇宙
（逃向火光映照的血一般的深渊）

◎ 修　远

独向空明。冷目枯荣
山在更远的山之外；水在更深的水中间
古猿不啼，深涧上高悬着虹霓的锦绸
手把青铜鼎座。青铜的呼吸宛如一片羽毛
拂起苍莽岭原……

物的元素充溢万邦，纵步时
一只高鹤鸣奏仙曲。涉菖蒲，披发跣脊
餐气饮露，芳华独占！
空明在荣枯之上，连接飞鹤祥云

处江湖而临大蛇异兽
居庙堂而近巨器明烛
猛然顿首。披发长啸，其音穿空裂石疾如巨箫
非与苦。戒与真。四极遍布汉声
此刻独对天象，我与我谁更能把持?!

◎ 本　然

我自本然。此夜虽长
不可逆转
我自把我珍惜！

昨日长逝，流水依然
追风之足不可重回。黄花遍地
抚须长笑，本然之态在此夜
呈现雪庐真丝
远离尘俗，不飞毛羽。沐浴纯净温泉
大火燃铁箕——

157

心舐于寒冰，胸脊上长放
一朵雪梅的暗香
本然。世界的真迹。我的原图
远离呼吸，流动的光焰。远离狱中之象
此夜虽长。抚须长笑，大火燃铁箕！！！

◎ 强者的证明

他倚靠在地球上
就像靠着一只小猫的脊背
谁也说不清
地球是他一只小猫般的玩偶
他是环绕太阳的一段独舞
无法模仿、无与伦比
地球是唯一的舞伴

万物之美都在这种舞蹈的狂风中
热烈地开放出来
包括许多爱情和一簇簇
伸向地核如同巨手的
生——命——根——须
他是人类的一条
最刚劲有力的手臂
那烈酒似的目光
泛滥所有死寂的波涛上
唤醒一群群挣扎的桅帆

地平线是一把古老的长剑
因为生锈
被他掷弃在没有银河的天空旁
他在宇宙的杯子里
啜饮着星群的精光
让胸腔，最后彻底赤裸
成为一座桥梁

158

在热血的河流上
把人类全部的马蹄
渡向
彼岸的草原

石玉坤

石玉坤，1964 年 7 月出生，安徽宿松人，现居马鞍山。在《诗刊》《星星》《飞天》《诗歌月刊》《绿风诗刊》《青海湖》《鸭绿江》《滇池》等报刊发表诗作千余首。著有诗集《大地的远》。获 2001—2004 年度安徽省社会科学文学艺术奖，诗集《从清溪抽出丝绸》获 2013—2014 年度马鞍山市政府"太白奖"文学类一等奖。

◎ 落　日

鱼苗在春天放走，踪影全无
掘井的人凝望天边
井水通红
一匹白马一下子就跌了进去
那骑在马背上的是谁啊

究竟这是一种什么过错
怀抱柴火的女人
在黄昏推门回家
只回头望了一眼落日
就怀上了我，一生一世
疼痛缠身

春天小小的鱼苗返回
大风吹过井边
我向前再走十里
可能回到生我的那个夏天
重读一遍落日
爱一个人　今生今世
能真正懂得落日的人
为数不多
他们让我来世怀念

◎ 深　远

无边的寂静让人心生不安
一朵花　花开无香
万物的窗子被打开
一个人的午夜
被一滴水声照亮

161

纯粹的静
尖锐的亮，仿佛
从我身躯里
走出的独孤，让我感到
一滴干净的痛

接近于秋夜的虫鸣
或星光
一滴滴水的寂静
我称之为深远

◎ 残 剑

我爱这隐隐的荒芜，锈迹
像一个人迟暮的衰老
摆放在通透的玻璃柜中
灯光也不能擦掉它的冷寂

那个干净的少年，晨起鸡鸣
暮歇犬吠，追风袭月
生劈磐石
在清溪磨砺毕露的锋芒

杀伐、嗜血，它有我的年轻
冲动、易怒，出鞘走偏锋
仇用血报，恩用命还
宁碎不全，把一块残骨
湮没在岁月的泥沙中

它是谁的前生？这个
深谙江湖的人
断去红尘之念，藏锋守拙
用一生的残缺
把光芒藏在内心

162

祝凤鸣

祝凤鸣，1964年8月出生，安徽宿松县人。1992年起，任《诗歌报》编辑，1993年调入安徽省社会科学院从事科研工作，现任当代安徽研究所第一研究室主任。1983年在安徽师范大学组建"江南诗社"，开始文学创作，诗歌被集中翻译成日语，收入东京出版的《中国新世代诗选》，另有诗作被翻译成英文，收入《脏山羊》《世界诗选》等。1998年参加《诗刊》社第十四届"青春诗会"，著有诗集《枫香驿》《古老的春天》等。除诗歌创作外，常年从事电视纪录片创作、艺术评论、当代艺术策展等活动，纪录片《我的小学》曾获"金熊猫"国际纪录片大奖、中国纪录片学术奖一等奖及最佳编导奖；参与大型纪录片《大黄山》总撰稿；有《安徽诗歌》《山水精神》等文艺专著出版；参加《安徽通史》《合肥通史》《当代安徽简史》等书撰稿工作。

◎ 枫香驿

朝北的路通往京城
汗淋淋的马在这里更换
少年时我从未见过马
通过我们家乡的驿道
秋天来了，红色的叶子落满路面
枫香驿，在以往的幸福年代
稻田里捆扎干草的
农家姑娘
在一阵旋风过后
总是想象皇帝的模样
我的乡亲们都是穷人
孩子是穷人家的孩子
驿道一程又一程
没有一个人能走到底啊
夜色里飞驰而去的消息
都是官家的消息
随后是冬天，飘雪了
枫香驿便渐渐沉寂下去
在一片寒冷的白色里
很少听得见马蹄哒哒的声音

◎ 图　案

我记得凌晨，南方水田的铜镜里
大梦飞旋，
一只白鹭，单腿侧立着，这坚硬的
弯曲的火苗
使中天的弦月越绷越紧，我记得……冬天。

山坡上满是蓝蓝的
移动的三角形野兽，风的肩膀

164

撞击着黝黑而干燥的
树的骨骼——你的双乳如坚果，
痛苦如乱石，如此沉重而缓慢地涌出。

远处冻僵的水面
出现了第一个急速的圆圈，白鹭飞走了……

我记得在黑沉沉的青年时代
山顶上的冰块发着红光
我们坐在风里，
搜集着木材，引火物，纸张，
一遍又一遍地升起火来。

◎ 白　夜

……忆及童年，芦村，三更之夜，
池塘展开
如黑色大花。

青蛙叫喊着
到处是春暮之火；
树枝间，月亮
燃烧着它的白骨。

无名小鸟
喁喁嘤鸣
噢！万类的痴迷夜。

青龙的雾霭淡了，在东方
清晨正纠缠着升起

在强光的洪流
倾泻之前
我想扑进池塘……

扑进时光碎裂的夜晚
或另一个人的躯体。

◎ 流星纪事

有一次，丘岗夜色正浓，二月还未苏醒，
我踏着回家的羊肠小径，在山坡

白花花的梨树下，碰见邻村
疲惫的赤脚医生，面孔平和。

"刚从李湾回来，那个孩子怕是不行了。"
他说，药箱在他右肩闪着枣红的微光。

路边的灌丛越来越黑，细沙嗖嗖——
我们站在风中，谈起宅基，柳树，轮转的风水。

阴阳和天体在交割，无尽的秘密，使人声变冷，
"……生死由命。"这时，蓝光一闪，
话语声中，一群流星静静地布满天空；

还有一次，我和父亲走在冬月下，
旷野的一切仿佛在锡箔中颤抖。

脚下是隐形的尘土和古蟒的灰烬。
父亲拿着铁棒，问我："你怕不怕？"

哦，我抬起头来，猎户星座在中天闪耀，
空中传来千秋的微响——

那无声垂落的，是流星，还是一道道蓝色的鞭影？

◎ 河湾里

枝头雀鸟纹丝不动，仿佛一团团黑泥

在阵阵压紧的空气下
河水有力地打着旋涡，千百个冬天都是这样
人们隐蔽在远处的坟茔
和山间静谧的屋脊里
鹅卵石孵不出红色小鹅

只有波涛偶尔剥下几片沙粒……我将
渐渐衰老，死去，哦！故乡，若是真的
能再转生人世
我还要回到这里，看着喜鹊和乌鸦
被杨柳的绿焰摧飞
杜鹃花的雾霭散开，一年年
田野冒着热气，泥土飞卷
在太阳炙热的炉膛里
我与兄弟们耕作着，叹息着，歌唱着
辛酸又疲惫
直到双手把锄把磨得银亮
山冈上淡淡的满月
使万物酣睡，沉落，我全部心灵的迷雾
也缕缕消失……

许泽夫

许泽夫，1964 年 8 月出生，安徽肥东人，中国作家协会会员、中国散文学会理事、中国乡土诗人协会副会长、安徽省作家协会理事、安徽省诗歌学会副会长、安徽省报告文学学会副会长、北美文艺社副社长兼中国分社社长、安徽美术出版社《分水岭》大型文学丛书主编。迄今已于《诗刊》《星星》《诗歌月刊》《清明》《十月》《诗潮》《绿风》《散文诗》《散文诗世界》等发表诗歌、散文近千篇（首），结集有《深沉的男中音》《断弦之韵》《牧人吟》《渡江颂》等 10 部，作品入选《中国年度散文诗》《青年文摘》《中华活页文选》等多部权威选本。荣获第六届"冰心散文奖"、第三届"安徽散文奖"一等奖、首届"中国当代长诗奖"等奖项，参加第 12 届全国散文诗笔会。2014 年 7 月安徽省作家协会设立"许泽夫工作室"。

◎ 麻 雀

一只母雀
带着几只雏雀
大大小小
正好等于
留守老人牙齿的数字

在屋檐下安家
安下了再不离开
不嫌屋老
不嫌清贫
西北风
也冻不走它们

老人一天三顿
喂着
撒着小米
亲切地唤个不停
麻雀麻雀我的麻雀　你冷不
冷了就不要飞远了
麻雀麻雀我的麻雀　你饿不
饿了就回到家里吧
麻雀麻雀我的亲亲

孙子　扔下书包
拨打着电话
爸爸
奶奶天天叫你名字

◎ 电 话

回到家
首先必须做的

关闭手机
将烦恼与浮躁
挡在房门之外
然后专心享受
心灵的温暖

一部电话
连接乡下的父亲母亲
他们是
唯一知道号码的人
电话卧在茶几上
像从老家投奔的猫
母亲遥远地一唤
它就亲切地回应

◎ 怀念一只红芋

即使是遗在
翻过耕过的初冬
即使是藏在
一锹深的黑土之下
一只手
冻得红彤彤

攥着糖
攥着淀粉
攥着那个时代抵御饥饿的
法宝
攥得紧紧的

见了我
才放心地松开手
任凭我贪婪地生吞活剥
填实干瘪的胃

不留一粒碎屑

红芋红芋
我总这样叫你
就像在叫我那
苦命的姐姐

◎ 清　明

爷爷去世的第一个清明
雨纷纷
欲断魂

燃着香
叩着头
天空响起了一声春雷

爷爷
我知道你耳背
委托雷公公
替我喊了一嗓子

蓝 角

蓝角，1964 年 9 月生于和县。1985 年开始诗歌和其他文体写作。出版有诗集《狂欢之雪》（宁夏人民出版社）、随笔集《流年清澈》（广西师范大学出版社）和散文集《我的村庄》（复旦大学出版社）等。

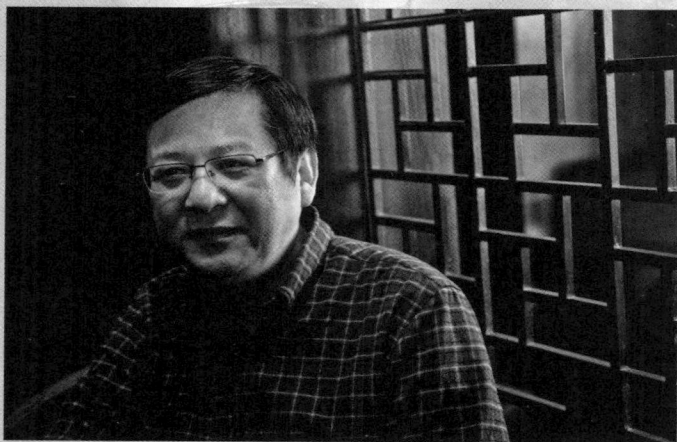

◎ 飞 鱼

全部的水响已被充盈
音乐沿着石阶缓缓爬高

烟云是往日的珍馐
暮色里的国家变得金黄

而鱼多疑。所有的美景
因为它的惊异迅速丧失

一冬天藏在它精心的病历里
黑土。铁水。生长的麦香和婴儿

谁低语了一声厌倦
狂暴的沙石漫过水上的城堡

鱼是完整的。想到了春天
冰凉的鱼叫滑到高处

◎ 梅 山

——悼友人父

梅山。一个小镇的名字
我说的是金寨县的梅山镇。
亮闪闪的小河　围着它细小的脖颈
不知道名字的父亲
现在也成为小河的一部分
我说的是那个吐着白沫的浪花
无声。收敛。仿佛简短的一生
就这样没了。那么突然
却曾经和我们一样反复激荡。
我说的是2007年的年末

没有雪。听不到孩子的喊叫
一个人躺在梅山的山顶上。
他独自吸吮着永远的安静
再不咳嗽。像少年时我初来梅山
小雨细微　春风入怀
那一口憋着不放的清凉的惊喜

◎ 竹音寺

我剔除体内的残渣和余温　竹林安详
响声碧绿　每一次击打都是天生的
没有一丝痕迹　没有造作的呐喊与呼吸
鱼嘴里吐出的星期六清晰得让人惊诧
它只是它的前世　也是藏经阁上蝉鸣的余生
经书一页页翻　再一页页翻
就像日子慢慢地走　麻雀踏碎一片瓦
被换上另一片瓦
有正义的程序　至上的戒律　无须被告知
无须拭擦落灰的月色和镀上黄金的佛光
谁低低说：有一只寂寞的睡莲
就有一万只怒放的荷花
我不愿意是寺庙里多余的看客　也不愿是
小径上突然反复的松鼠的禅宗
一个人　熟悉的庙宇　黄昏惶惶陷入神仙的凤愿
我们是一体的　我们只是缓慢长出的一片片竹叶
悬在万事俱放的人世　空荡荡铜铃之上

◎ 沉淀的音乐

床头是它。最淡的那种
早晨你叫它花　它朝你笑
床头的它是一段走了很远的百合

平白无故触到的事物

让你回想二十八春秋
窗外的风　窄窄身子又在失重
窗外的风上画满走神的眼
像荻花　像刻在天上的画
这些画跟着秋天跑出了芦荡

只有轻轻的东西留上来　像一匹
柔软的绸布
时间让它鲜艳　发出暗暗的光
时间磨断它陷落的腿
它无意回乡　在黄昏
你望它之前它早一无所剩

郊外。月亮伸进无底的河水
你清楚看到它悄悄地返回
它落在窗上浅浅的指纹
遗忘草尖上悲伤的呼吸
它的脸。水痕下清晰的笑
郊外。它的返回
让春天的夜晚变得脆弱又短促

◎ 无声的欢乐

小鸟多汁的注视让树林变绿
早春，月光更加均匀
游过田埂的小蛇藏有自己的秘密

乌云向山上聚集
四月和三月一样平衡　敏锐
草木经过水洗
蓬勃着向上之气
而原野是荒凉的
漫步的云朵全然无声

开阔的草地仿佛早晨的心情
细密西风穿过了时间
——谁是大地上的欢乐者
谁是这滚烫黑土上慈善之人

正像事物一直为自己歌唱
早春　它的喜悦是一切的喜悦

詹用伦

詹用伦，1965 年出生，安徽合肥人，中国诗歌学会会员，全国公安诗歌诗词学会理事，安徽省诗歌学会副会长，安徽省作家协会会员。20 世纪 90 年代从事诗歌创作，作品散见于《诗歌月刊》《诗潮》《诗选刊》《安徽文学》《人民公安报》等报刊，担任大型文学网刊诗歌编辑，曾获"桃花潭杯·世界华语诗歌大奖赛"二等奖等奖项。

◎ 槐 花

那些年，春天比冬天更冷
终于，一个冬天和半个春天的饥饿
在槐花闪烁时得到暂时缓解

提着破旧的竹篮，跟在母亲身后
一根长长的竹竿绑着镰刀
在槐树枝下用力，再用力
单膝跪地，捡拾
姐弟五人白水焯过的粮食
茅屋上空升起艰难的炊烟

时光，独坐无语，已将记忆中的
镰刀，遗弃在无人认领的天空
我是朝圣者，只能匍匐在那棵槐树下
祭奠，那一串串高高悬挂的母乳

◎ 草绳机

一块奢侈的黑布罩着村庄
父亲起身，灰色的风，背后催促
村办一台草绳机，是唯一能刺破黑夜的针
尖叫着，一盏煤油灯
躲躲闪闪，光被压缩得很小很小

父亲，夜的独行者
喂进去的草，被两张嘴吞噬着
力量在中心线纠缠，涌入卵巢
怀孕、产子，完成一盘草绳的价值
脚在奔跑，手在奔跑，草也在奔跑
一个冬天
父亲没有跑出那盏煤油灯势力范围

◎ 蟋　蟀

秋夜里能与星星对峙的
是那些蟋蟀
黑暗中点亮一盏盏灯
风中闪烁
入土三分的牧歌，咀嚼心中枯草的根
吐出一声声苦，一声声甜
它们从墙角跳到窗前
从小时候的记忆，跳到你的梦里
只要一只，就可以把天边的残月
啃食得弯曲
月光被遗落在黎明的草尖
这样的夜，你会被触须牵引，羽翅下颤动

◎ 草　屋

老家的四间草屋倒了
那是背影高过远山的草屋
夜晚，能抵达星星和月亮的草屋
屋前那条清澈的小河，如一条
山间的石阶，通向幽深
几只白鹭逆流而上，追逐落日
不知道记忆中的炊烟
是否就是头顶上的云朵

常常在自己的影子里
推开草屋的大门
触摸那厚德、温馨吱呀声
燕子在房梁上生儿育女
一只看门狗无声地卧在门口
墙壁洞穴的蜜蜂，屋檐下的麻雀
它们都是那么脆弱、简单，容易满足

179

大风起时，母亲总是提着水桶
向迎风的屋檐上泼洒着水
抚慰草屋的不安
冬天，一张纸糊在木棍窗上
隔开寒冷
一张倒贴的"福"字，就是一屋子幸福
屋檐挂着清贫的冰凌
阳光下，滴着柔软的坚硬

我知道，母亲走了
草屋一定会走的
不，也许它只是俯下身子
把弯曲的脊梁和四壁的痛
放在泥土中浆洗
灶台上的蒸汽，屋顶上的白雪
依旧伫立在村口

朱克献

朱克献，1965 年出生，1986 年开始在《诗刊》《安徽文学》《诗歌报月刊》《山东文学》《阳光》《厦门文学》等报刊发表诗歌、散文、小说作品。2009 年出版诗文集《回到草中间》。

◎ 村庄与村庄距离

村庄与村庄是土地连接的
每一条田埂都是通往村庄的路
村庄与村庄的亲戚是庄稼连接的
隔垄相望　相识　相知
村庄与村庄成了亲家

村庄与村庄距离很短
抬腿就能走到
村庄与村庄的亲情很近
出门就能碰见
不像那些城里人
相邻也陌生

村庄与村庄就这样
交谈着　繁衍着
构成我们永恒的大地

◎ 大地上的草

每年春天　大地上的草都要到处传播
风梳理着它的头发
一天天变长　一天天变黄
草依附土地
存活一茬一茬　一代一代
我的祖辈们　一代一代
猫着腰　背负青天　俯身大地
锄草啊　锄草啊
他们的身体终老桑田
和草倒在一起　成了草的一部分

我常常有这样的心愿

我要以草的方式活在庄稼旁
爱着广袤的大地
亲近我的乡亲们

◎ 草的一生

草的一生　只愿做草
把田埂筑成永久的家园

草没有什么远大的理想
只用根走路
走到哪里就把哪里当作故乡
草长得茂盛但不肯说话
常常被风吹得直不起腰来
但是　风越大它的根扎得越深
它就是不愿意离开自己的家园

和草相比　我们远不如草
在物欲横流的人世
我们望见了天涯
又疲倦在旅途中
是个无根的人
常常憔悴不堪

草的一生告诉我们
我们应该像那些
我们一向看不起的卑微的事物学习
寻找那些尚未消失的东西

韩庆成

韩庆成，1965 年 5 月 20 日生于安徽宣城。1985 年开始发表诗歌作品。2011 年 8 月与诗评家徐敬亚共同创办中国诗歌流派网。诗歌作品被收入《中国文学年鉴·2014》等 20 余种选本，入选今天网首页"今天推荐"，并被译成英文在国外出版。

◎ 胡　须

不知从哪天起
刮胡须
成了每天起床都要做的
一件事

也有忘记的时候
那张脸
便变得张牙舞爪

如今用了多少刀片
已经记不清了
感觉把刀片收集起来
可以打一把砍刀

还是希望把砍刀
分割成小小的刀片
这样就安全了
这样面孔上棘手的部分
就可以自我消灭

◎ 剥　离

我每天做着同一件事情，就是把身体上的某个部分
剥离出来，然后扔掉
我没感觉到这很残忍，尽管有时候会显得枯燥
习惯以后，这点枯燥与得到的解脱相比
微不足道。像
剥离胡须，剥离眼泪，每天
起床后去洗手间，做那个固定的剥离动作
快乐的剥离并不是天天出现
我喜欢的女人，她住在远方

一年一次的约会，在剧烈的剥离中，给我满足
也让我苍老

也有疼痛的剥离，发生在年轻的时候
我把刀扎在
自己的手上。那个背叛我的女人
脸色苍白，她给我留下伤口，在很长时间的夜里
它发炎，滴血，高烧不止
让我此后对痴迷的病毒，产生抗体
剥离友情，剥离亲情，剥离信仰信念信誓旦旦
已同剥离两条狗的交媾
在时间上如此接近

◎ 致　艾

假如我是一只鸟，
我也应该用嘶哑的喉咙歌唱：
这被暴风雨所打击着的土地，
这永远汹涌着我们的悲愤的河流，
这无止息地吹刮着的激怒的风……
你在写这首诗之前，把与独裁者相同的蒋姓改了
改成在草头下面，打一个大大的叉
我因为你的诗熟悉了这个字：艾，虽然与爱同音
但你的诗中，更多的是悲哀，是愤怒。这也是我的心情
在 1938 年初冬的一天，不幸被你提前设伏

你用以歌唱的鸟已经死了，死了很久
连羽毛也腐烂在土地里面。无数腐烂的血肉之躯
并没有使这块土地变得肥沃，而仅仅增添了血腥
土地上林立的红色栅栏，圈定了鸟的飞翔空间
这是另一个你用来写诗的房子，写慈爱的奶汁和米粥
你的眼睛是自由飞翔的，窗户外的初雪
拾起你递交的纸片，在晶莹的表层滑行。房间的背面
无形的栅栏，还同时圈定了思想的迁徙距离，逾越者的触碰

被裸露的高压线拘禁，把周身烤出煳味

我知道他继承的是你的思想，三十年代曾闪耀过的血液
正在新的躯体里奔腾，成为异端
在赫尔佐格和德梅隆的巢中孵化，生成交点，并以不合作的
方式
重归碎片。他叠加永久，他知道，在钢铁的骨架生锈以后
永久只是词汇，从口中出来，在文本中排列，然后消失
他已不再说话，以行为的方式进入你的房子，这是一次彻底
的前卫
用他艺术的胡须在你的血液中搅拌，由缓而疾，我听见飞机
起飞前的轰鸣
这是他发出的诗歌，一首无字的诗歌，在你遗留的房子里
开始一个人的展出

187

高　峰

高峰，笔名寿州高峰，1965 年 6 月生，安徽肥西人，曾在《诗刊》《星星诗刊》《诗歌月刊》《青年文学》《北京文学》等发表作品。著有诗集《水泊寿州》，安徽省作家协会会员，现居安徽寿州。

◎ 雁南飞

炊烟止息，屋脊上腾出了高空
今夜，大雁要飞过我的村庄

如果要歇息，就请你空降
或者垂直下落吧
如果你得了致命的感冒
我就叫遍地的白鹅伸颈自刎
我还要勾兑酒精，浸一枝鱼腥草
用嘴唇测试婴孩的体温

月光清亮，池塘注水
后半夜开始结冰
母亲还在厨房里打盹
在灶台上烘干发硬的衣衫
我缩在绵软的草木灰里
身上有香气，又带有煳味
母亲打盹，额头磕在灶台沿上
她抬头看看天，星宿明灭
屋脊依然漆黑

◎ 湖上的月色要白些

银鱼是白的，它沉在水里的细骨也是白的
藕节是白的，它陷进淤泥的脚踝也是白的
茭白是白的，它缠着胶布的手指也是白的

月色是今夜村庄的细雪
旷野疏松，瓦脊有隙
渗漏的是福分和天意

从厨房的后窗望过去

湖面浩大、平整、致密
湖上的月色要白些

我知道湖水能变成银子
打制成手腕的形状
不生锈，越磨越亮

湖上的月色要白些
这是不是与手镯有关系
是不是与银鱼、藕和茭白也有关系

◎ 节气　节气

农历五月初五，湖水的油锅里
捞出鲜活的鲤鱼
刚过门的小媳妇扭动腰身
露着小腿的葱白
青草发芽，暂时看不出长和短
庄稼还矮，顺着水田的梯子爬高

八月十五，菊花炸了
狗在水旁咬着折桂的影子
八百里，颠簸中带回身孕
油瓶倒了也懒得弯腰
草还绿着，一些叶子已经飘零
果还坠着，有的枝条已经发黑

湖水清澈，淤泥温热
粗的是藕节，细的是芦根
长的是黄鳝，短的是泥鳅

◎ 春　天

春天，在村里是危险的
油菜花开了，桃花李花也开了

它们把香气混在一起
故意熏我的姐姐

淠河涨绿水，腾细白浪
摆渡的少年在木船上筛糠
发羊角风
姐姐晕得可怜，吐出少许甜胆汁

春风还绿了对岸的颍上县
姥姥家旁边的迎水寺坍塌了
那棵雷劈的古柳
一半在发芽，一半还留有闪电的黑灰

石臼湖

石臼湖，1965 年 8 月出生，安徽省当涂县人。2005 年从事诗歌创作，有一百多首（篇）诗歌、散文发表于《诗歌月刊》《诗林》《中国诗歌》等报刊，部分作品被民刊、诗歌年选和文学作品集收录。

◎ 卖艺人

"这一具肉身，有来之不易的羞涩"
他前世杀人如麻，今生抱着佛珠哭泣
现在，他要做一个卖艺人
手里举着火把，准备高空走钢索
"请你们闭上眼吧，我的幸福需要一次蒙混过关"

秋风解开了他的衣扣，他要做的是阴阳合一
像沐浴月色，说着爱
像折断柳枝，舔着露珠中折射的光芒
像黄昏中的菊花，虚构一场微雨

没有人在意他精心准备的表演
他似乎深陷在天空的洞穴中
行人中唯一熟悉的面容像他自己

"如果没有明天了呢?" 他孤单地自语着
开始为来世焦虑不安

◎ 说到昙花

说到昙花，我就变得脆弱
其实只是一个词，一个柔软的词
如同你说到我的名字
一个交换彼此的词
而你坐在对面很久，似曾相识的样子
立地成佛的样子
舌头如出水芙蓉，一个个词像露珠滚动
一触摸就有刺扎出来
多么容易陷入的诱惑呵
我有许多善良没有说出来
动物园很久没去了，在人世

我还欠一个笼子
欠一次完美的疾病
欠一场火——

◎ 今　生

我一直活在前世里，风餐露宿
默念颂词，消磨光阴
屋檐下饥饿的蜘蛛结着网，像得道的高僧
为来生立下不言的微笑
风吹过树木，吹过前世的山水
蝉叫得那个欢呵
黄雀和螳螂都献出了余生
供养我来世的肌体
殷红的血管里亮起一盏盏灯
树枝纷纷折断，赶来做我的拐杖
欲望的雨水穿越时间的魔障
带来江河源头的讯息
虚拟的云闲坐山巅
看着此刻的我，跟着忏悔的拐杖
一步步走下山冈

◎ 山峰之间

转眼，就来到了山峰之间
在现实的藤和虚幻的云之间徘徊
鸟鸣深涧，清泉击石
我需要正襟危坐来分散注意力

山峰之间，有与无皆是万物之源
我用假寐与山峰对峙
等待一场雨让我和山峰合二为一

山峰之间，智者和仁者隐而不现

"攀登永远低于飞翔，仰望却高于生死"
山峰间隐秘的对话，我必须侧过身才能听见

山峰之间，苍穹覆盖着暮色
身体几乎要飞起来
我抵制住攀登的欲望，满怀敬意地
屈服于时光的沟壑中

应文浩

应文浩，1965 年 11 月出生，安徽天长人，曾在《诗刊》《诗歌月刊》《诗潮》《诗选刊》《安徽文学》《广西文学》等文学刊物发表过作品，作品获首届安徽诗歌奖入围奖等多种奖项并入选多种选本，出版过诗集一部，现为天长市设计研究院高级工程师、院长。

◎ 帘微漾

谁的眼睛，给予了世界美。

——题记

我见过很多安静的窗帘
青绿的、紫红的、洁白的
我可以确信，一定有些什么
和它的背影并肩站着

当阳光缓缓地洒在绿叶上
我看出来了
窗帘就是生长的叶子
正面是鲜润的微笑
早晨静若处子
傍晚时，像一个新娘
想自己掀起盖头

最迷人的时刻是微微荡漾
它像我们这个世界
常常嘴唇微微一动
什么也不说

◎ 我喜欢这个世界

我喜欢这个世界
喜欢它的肤色，它的水
和它们带来的光

喜欢就这样
居住在光里
每天看见神性的身影晃动
在光的庭院里

挖土，种花，栽菜，浇水
给手添一些光芒

喜欢看着每一株植物
端坐成佛
沐浴在微笑的金光里
向他们跪拜
学习他们的经文

除此之外
我不要任何死亡
我惧怕黑暗
在心里召唤

◎ 仰 望

不知道哪一天会离开这个世界
死亡变得遥远，不怎么可怕
一直有个明天，也一直有个仰望

你仰望月亮
直到发现它已填满古老的哀愁
你仰望星光
直到发现它知道世上所有的隐私

现在，你开始仰望一棵香樟树
一棵比你高，比你年轻的树
你是怀着崇敬的
一股香气冲鼻
你猜香气是向下的
是的，向下
你找到适合气息碰撞的位置
像一只燕子在窝边盘旋
在一棵又一棵年轻的香樟树下

让叶片亲抚你的脸
让花枝从手中划出伤口

你没去闻，你笑了
你猜伤口也是香的

◎ 客观的石头

在心境边缘之外的远处
有一块石头，沉于黑暗中
它的内部藏着更深的黑暗

当喧嚣从天上泼下来
当寂静从土里长出来
它仍旧睡着

直到一块比它更硬的铁出现
并击中它，它才肯放出光芒

至于，你是流下幸福的泪
还是留下刺伤的痛
真的与它无关

汪 抒

汪抒，1966 年 4 月出生于安徽省肥东县。1986 年初在《诗歌报》上发表处女作。著有诗集《堕落的果子》《餐布上的鱼骨架》《十人游戏》等。主编民刊《抵达》。

◎ 在桴槎山下王铁乡夜饮

蟋蟀和旧信，没能翻越桴槎山
鱼背似的山脊
王铁乡衰老的茶厂，呆在它最高点苦味的阴影中。

走下山来的小羊，真的是黑色的。
它像一个聚光点，接收了来自粗沙砾一样的星星摩擦的
热量。

"桴槎山到底有着什么样的面貌？"
它为什么在饮酒的人中被不断修改，谁有那样
平和的热血与气。

王铁乡最俭约的灯火像陀螺，耗费着老庄无限、清绵的
语言。
零星、遥远的狗吠和车声，
中止于一双双竹筷子的清俊与火热。
我的身体触到了潜逃已久的漂浮的青色的金子。

一丝丝银色的细雨不知起于何时，隐于树木的
士子们脱下秀气的外袍。
潮湿的针中酒色的秋花怒放。

◎ 擦 拭

我的脸总是无法确认
它混淆于江南不堪的旅客里

夜之迷离
使我的手不断擦拭紫色的灯，但却无法恢复
镇江本来的面目
春色的稀汁，是我最直接的美味

一生中最惊心动魄之事就这样无声无息
像水草，也像桥面下的浮萍

每一个站点都是模糊的，包括接下来的目标
再接下来的目标
我是胆小的，也是羞愧的，我怀疑自己身体中的磁性
当然是指血液的磁性，乱鸟飞翔
但它们都烙下了明确的轨迹

"我并非因为饲养老虎，而疏远了虫子"

——我再怎么不倦擦拭怀中紫色的灯
也无法照耀江南五百里的景物

◎ 月光下的太极拳

当我被一排连绵的路灯断然抛弃
当我落于那一块静谧的草坪
清风和明月怡荡得
憋住我的呼吸
一群模糊的白鹤以缓慢的动作
肢解了我的视线
最柔软而又坚定有力的飞翔，不是在云端
多么散淡的笔画，它穿透夜色中的一切

日常事务蹂躏过我心灵中几乎全部的领域
我不知道还有那从未被触碰过的一处
多么小，黑暗中不闪耀的
被掩藏得深深的一小块斑点，它是我致命的感动和软弱吗
我惊讶于今夜对身体中最新的发现
如果我戴眼镜，我肯定将它取下擦净
擦不净的，是那一群打太极拳的人（分不清中年、老年以及
男女）
模糊的遥远的脸孔

202

我仍然热衷于
那样的清汤寡汁
我仍然迷醉于秋夜那一锅星光的倒挂

我在最深度的镇定中自闭
除了这月光下的太极拳，还有谁能有那样的举动将我轻轻
抹掉

余 怒

余怒，1966 年 12 月生，祖籍桐城，著有诗集《守夜人》《余怒诗选集》《余怒短诗选》《枝叶》《余怒吴橘诗合集》《现象研究》《饥饿之年》《个人史》《主与客》和长篇小说《恍惚公园》。

◎ 剧 情

你在干什么
我在守卫疯人院

你在干什么
我在守卫疯人院

你在干什么
我在守卫疯人院

我写诗，拔草，焚尸
数星星，化装，流泪

◎ 交 换

十二岁时我与伙伴
交换彼此拥有的动物。他拿出
一只灰鸟，我拿出一只蜥蜴。它们分别带着
两个人的体温。

两个人性情不同，我爱打架而他爱
幻想。我父亲是一名水电工他父亲是一名
长号手，现在我还记得他，他曾说
"乐队里应该有动物"。

灰鸟和蜥蜴，都拴着线。我俩
冷静如助产妇，一个检查蜥蜴的性别
一个看鸟的牙齿。这可是
飞与爬的交换，我们很在乎。

◎ 众所周知的立方体

205　我走近那个立方体时

感到抓住了什么。
像哑巴睡了一觉，抬头望见一棵梨树。
你想想，那梨树。

你想想，名字与本人的关系
关于窗户的照片
以及百合花在雨中所具有的条件反射。

我们知道，等月亮也有等得不耐烦的时候
而立方体，睡一觉就会忘掉。
那些喜欢窃听的孩子，像一幅
竖着电线的田园画
向四周致意，直到我们意识到他们。

◎ 分　享

野生藤蔓，
沿着木头架子攀爬。
那是我为它准备的。
我想从自然之物那儿分享战栗。
（像从冰块上，敲下一小块冰。）
或者站在橘树下，
摘下一颗橘子，拿在手中，
用众所周知的语言谈手中的感觉。
极简主义的我，有一颗灌木之心。
坐在石凳上，左手
抓住右手，保持住沉默
（信任它并依赖）。让我成为我的诗。

◎ 因何战栗

凌晨小区，
许多婴儿在哭啼。
石头在石头上滑动。

每一件东西（百叶窗、树、
流星、螺旋、现在）
都在它的位置上。
我对占据一个人
这么大的空间感到愧疚。
而水晶，甘愿让出它的
内部：结构主义的欢愉。
我可以一部分一部分地死去，
以此减少痛苦同时孤单纯粹。

汪治华

汪治华，安徽望江人，1966 年 12 月出生。出版诗集 2 本，参与主编诗文集 2 本，在 60 多家报刊发表诗作 300 余首。

◎ 蛇

我又在梦里梦见我的梦
我还要在醒中加深我的醒
一条蛇，每前进一尺，就长高一丈
现在它长大，站起，它四万八千丈的身体
站起，在空中摇晃

天上结冰的云层，你到过它的冷
地上所有的阴影，开起喇叭花
喇叭花里，你成长如少年

我们互相呼吸，我偶尔梦见我的醒
鲜花与光芒，哪一个都无法接近真理
只有这条蛇，一直与我形影相吊
形影相随

◎ 晚 语

事隔多年，人经百事，常常泛起青光
去岁，一只猫看到幼蛇，尖叫
今春，我见到一条白白的蛇蜕
却目光坚定

我已能从一些犬吠里
听出人声。只是我仍然要
壮着胆子，路过每一条狗
每一条狗，一定也是壮着胆子
路过我。那一段段
所行之路，都在犬牙中交错

旧拳头越来越小，老时光越擦越灰
我想我一定是老了

209

坚守内心那么多年，到最后无心可守
满眼望去，万物皆是答案
这不免令我恐慌，而频频回望
那些狗年和狗月

◎ 一种光出来

另一种光，被压住
光与光，在黑暗里行凶

一个人出来，千万人成为背景
故事被说出，更多的故事，便有了母体

一座城池，养活了一万亩庄稼
月亮时而明晃晃

活，一个人活，千万人
朝着同一个方向，活

群山如兽，拥挤，沉默而无语

陈先发

陈先发，1967 年 10 月出生，安徽桐城人。著有诗集《春天的死亡之书》（1994 年）、诗集《前世》（2005 年）、长篇小说《拉魂腔》（2006 年）、诗集《写碑之心》（2011 年）、随笔集《黑池坝笔记》（2014 年）、诗集《养鹤问题》（2015 年台湾版）等。曾获"十月诗歌奖"、"十月文学奖"、"1986 年—2006 年中国十大新锐诗人"、"2008 年中国年度诗人"、"1998 年至 2008 年中国十大影响力诗人"、首届中国海南诗歌双年奖、首届袁可嘉诗歌奖、天问诗歌奖、中国桂冠诗人奖、后天学术奖、2015 桃花潭国际诗歌节中国杰出诗人奖等数十种奖项。2015 年与北岛、海子等十人一起获得中华书局评选的"新诗贡献奖"。作品被译成英、法、俄、意大利、西班牙、希腊等多种文字。

◎ 前　世

要逃，就干脆逃到蝴蝶的体内去
不必再咬着牙，打翻父母的阴谋和药汁
不必等到血都吐尽了。
要为敌，就干脆与整个人类为敌。
他哗地一下脱掉了蘸墨的青袍
脱掉了一层皮
脱掉了内心朝飞暮倦的长亭短亭。
脱掉了云和水
这情节确实令人震悚：他如此轻易地
又脱掉了自己的骨头！
我无限眷恋的最后一幕是：他们纵身一跃
在枝头等了亿年的蝴蝶浑身一颤
暗叫道：来了！
这一夜明月低于屋檐
碧溪潮生两岸

只有一句尚未忘记
她忍住百感交集的泪水
把左翅朝下压了压，往前一伸
说：梁兄，请了
请了——

◎ 丹青见

柜木，白松，榆树和水杉，高于接骨木，紫荆
铁皮桂和香樟。湖水被秋天挽着向上，针叶林高于
阔叶林，野杜仲高于乱蓬蓬的剑麻。如果
湖水暗涨，柞木将高于紫檀。鸟鸣，一声接一声地
溶化着。蛇的舌头如受电击，她从锁眼中窥见的桦树
高于从旋转着的玻璃中，窥见的桦树。
死人眼中的桦树，高于生者眼中的桦树。
被制成棺木的桦树，高于被制成提琴的桦树。

◎ 箜篌颂

在旋转的光束上，在他们的舞步里
从我脑中一闪而去的是些什么

是我们久居的语言的宫殿？还是
别的什么，我记得一些断断续续的句子

我记得旧时的箜篌。年轻时
也曾以邀舞之名获得一两次仓促的性爱

而我至今不会跳舞，不会唱歌
我知道她们多么需要这样的瞬间

她们的美貌需要恒定的读者，她们的舞步
需要与之契合的缄默——

而此刻。除了记忆
除了勃拉姆斯像扎入眼球的粗大砂粒

还有一些别的什么？
不，不。什么都没有了

在这个唱和听已经割裂的时代
只有听，还依然需要一颗仁心

我多么喜欢这听的缄默
香樟树下，我远古的舌头只用来告别

◎ 忆顾准

让他酷刑中的眼光投向我们。
穿过病房、围墙、铁丝网和
真理被过度消耗的稀薄空气中
仍开得璀璨的白色夹竹桃花。

他不会想到，
有人将以诗歌来残忍地谈论这一切。
我们相隔 39 年。
他死去，只为了剩下我们

这是一个以充分蹂躏换取
充分怀疑的时代。
就像此刻，我读着"文革"时期史料
脖子上总有剃刀掠过的沁凉。
屋内一切都如此可疑：
旧台灯里藏着密信？
地上绳子，仿佛随时直立起来
拧成绞索，
将我吊死。
如果我呼救，圆月将从窗口扑进来堵我的嘴

逃到公园
每一角落都有隐形人
冲出来向我问好

要么像老舍那样投身湖下，
头顶几片枯荷下下棋、听听琴？
可刽子手
也喜欢到水下踱步。
制度从不饶恕任何一个激进的地址。

1974 年，这个火热的人死于国家对他的拒绝
或者，正相反———
用细节复述一具肉身的离去已毫无意义。
1975 年，当河南板桥水库垮坝
瞬间到来的 24 万冤魂
愿意举着灯为他的话作出注释。
我常想
最纯粹的镜像仅能在污秽中生成，而

当世只配享有杰克逊那样的病态天才。
忆顾准,
是否意味着我一样的沉疴在身?

但我已学会了从遮蔽中捕获微妙的营养。
说起来这也不算啥稀奇的事儿
我所求不多
只愿一碗稀粥伴我至晚年
粥中漂着的三两个孤魂也伴我至晚年

◎ 养鹤问题

在山中,我见过柱状的鹤。
液态的,或气体的鹤。
在肃穆的杜鹃花根部蜷成一团春泥的鹤。
都缓缓地敛起翅膀。
我见过这唯一为虚构而生的飞禽
因它的白色饱含了拒绝,而在
这末世,长出了更合理的形体

养鹤是垂死者才能玩下去的游戏。
同为少数人的宗教,写诗
却是另一码事:
这结句里的"鹤"完全可以被代替。
永不要问,代它到这世上一哭的是些什么事物。
当它哭着东,也哭着西。
哭着密室政治,也哭着街头政治。
就像今夜,在浴室排风机的轰鸣里
我久久地坐着
仿佛永不会离开这里一步。
我是个不曾养鹤也不曾杀鹤的俗人。
我知道时代赋予我的痛苦已结束了。
我披着纯白的浴衣,
从一个批判者正大踏步地赶至旁观者的位置上。

215

杨　键

杨键，1967 年生，著有诗集《暮晚》《古桥头》《哭庙》。获首届
刘丽安诗歌奖、第六届华语文学传媒年度诗人奖。现居马鞍山。

◎ 古别离

什么都在来临啊，什么都在离去，
人做善事都要脸红的世纪。
我踏着尘土，这年老的妻子
延续着一座塔，一副健康的喉咙。

什么都在来临啊，什么都在离去，
我们因为求索而发红的眼睛，
必须爱上消亡，学会月亮照耀
心灵的清风改变山河的气息。

什么都在来临啊，什么都在离去，
我知道一个人情欲消尽的时候
该是多么蔚蓝的苍穹！
在透明中起伏，在静观中理解了力量。

什么都在来临啊，什么都在离去，
从清风中，我观看着你们，
我累了，群山也不能让我感动，
而念出落日的人，他是否就是落日？

◎ 小 鸟

小鸟从树上飞下来
在湖面上盘旋
一圈、两圈
没有什么地方可以安息
它又飞到树上
"呜呜"地叫着
又从树上飞下来
在湖面上盘旋
没有什么地方可以安息

217

就像我们自己
小时候依在父母的怀抱里，
年轻的时候
贪爱把我们聚在一起，
我们以为这就是依靠，
可以没有危险，
没有忧虑了，
当她老了，
我也老了，
我们才知道
这是多么脆弱的沙聚成的家，
就像树上的小鸟
"呜呜"地叫着
一圈、两圈地盘旋，
找不到一点点依靠。

◎ 在黄昏

湖面上是落日莫名的磅礴，
无垠静卧在这里，
像一根鞭子，
抽打着我的心脏。

如果万物和我都是梦，
而我醒来，
像绵绵细雨，
似乎没有到来，似乎没有远去。

所以，我轻轻地说：
没有人束缚我们，但我们却在受，
我们远远没有尝到
放下的快乐。

我们因舍弃在一切事物里

凝成的力量——
这太好了，我们在大地上四通八达，也万寿无疆，
一切都成了我们的助手。

◎ 新 生

在夜里，我还远远没有出生，
户外，一声声蛙鸣
显现的空寂像是我的真身
芭蕉上的露水
一滴滴下来。
一个赤脚的女孩
连同月亮，
像刚刚醒来的欲望
引诱我出生，
我落在宇宙精密而无边的空荡里，
像一滴甜蜜的雨，
像欢乐的芦花，
我不能再中了夜晚母亲
要生下我来的想法。

◎ 惭 愧

像每一座城市愧对乡村，
我零乱的生活，愧对温润的园林，
我噩梦的睡眠，愧对天上的月亮，
我太多的欲望，愧对清澈见底的小溪，
我对一个女人狭窄的爱，愧对今晚疏朗的夜空，
我的轮回，我的地狱，我反反复复的过错，
愧对清净愿力的地藏菩萨，
愧对父母，愧对国土，
也愧对那些各行各业的光彩的人民。

何 鸣

何鸣，1967 年 10 月出生于安徽省马鞍山市。中山大学汉语言文学学士。自 1987 年开始文学创作以来，诗歌作品散见于《星星诗刊》《诗歌报》《人民文学》《中国作家》《文艺报》等报刊。著有诗集《过河看望一座城市》《诗浅花浓》、散文集《目送芳尘去》。现供职于深圳报业集团，任《深圳特区报》综艺副刊部主任编辑。

220

◎ 海上田园

想写下蔬菜的名字
黄瓜毛豆秋葵茭白
还想写下植物的名字
湘妃竹凤凰树马樱丹

如果时光倒流一百年
那些名字香喷喷的
种下了大多数的欢快

海的味道有牛奶的味道
还有谁同我一样
把世界上所有的好味道
都想成牛奶

再不来就来不及了
海已汹涌到眼前
池鹭白茫茫一片

◎ 那天我在岛上

那天我在岛上
大海非真实地存在着
游泳池的蓝

白沙起腻
热带鱼搬家
海底安放着飞机残骸

我一共看过两次这样的日落
一次在东太平洋
一次在西太平洋

我发誓要看过所有的海

那天我在岛上
那片海
先是布鲁克纳，接着是德彪西
最终停止于舒曼

◎ 库克山

山景在阴郁背后
被定制成痛苦的零件
云被塔斯曼湖卡住了
颜色偏白

想走遍世界去寻找
那种欢喜
总是埋藏着
我们将分别老去的购物单

树长得太胖了
欲望也过不了关
那只苹果还未洗
已经被咬了一半

我不再关心库克的傍晚
我满脑子想的都是阿尔卑斯山

樊 子

樊子，安徽寿县人，1967 年 11 月出生，现居深圳。历任《诗林》《诗选刊》《诗潮》《诗歌月刊》编辑，大象诗社发起人，著有诗文集《木质状态》《怀孕的纸》等多部。

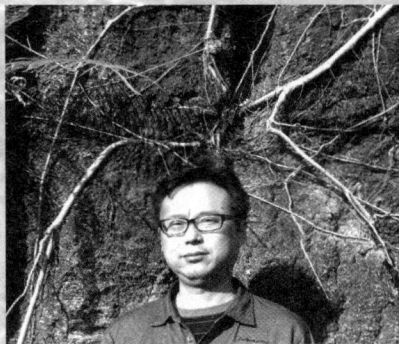

◎ 真　实

老墙斑驳的语录边，
常有狗翘起后腿倚墙撒尿；
这种场景我看不舒服，
偶尔会扔几块砖，通常情况下
砖是砸在老墙上，
砸在白石灰写的汉字上。

◎ 赶尸人

赶尸人是对的，他的方向不会出现偏错
他有一条鞭子，鞭子常落在靠近他的那具尸体上

我们在黑夜里的田野上走着
一群尸体在黑夜里
被赶尸人当成数字，一具，二具，三具——
但我们不是畜生

断了脖子或掉了一条手臂，我们死后肉体还在腐烂
我们忘记不了人世间
直至我们露出了白骨

死后不能像泥土一样躺下。

◎ 悲　歌

丰子恺在谈他画画时说他画过两只羊，两只羊的脖子上
都拴上了绳子，其友人批评此种画法不妥，现实中，在羊的
世界里
头羊的脖子上只消有一根绳索
就足够了
丰子恺很后悔

224

我不以为然，丰子恺应该给两只羊画三条绳子
如果他不死得过早
在中国，他应该不停地画绳索
我不喜欢那种把绳索画成血淋淋的样子
中国画家至今没一个人能把血淋淋的样子画成绳索

◎ 光　泽

我喉咙里有马蹄的声响，天空变暗，漫天的黄土压来
我喜欢这种气势，如果可以，喉咙里放进几头猛兽，它们
赤面獠牙，如果再可以，喉咙里倾泻着滔滔洪水

我喉咙里还有绳索和铁锤
我多么挚爱这片土地，我必须连说三声，要泪流满面
要坦诚
要像一尘不染的孩子对母亲说话的样子
我生怕我满口假话，那些猛兽和洪水会撬开我的牙齿

◎ 膝盖上有血

大地上总有一些事物在由绿变红，由红变得漆黑
没有一种事物能够逃脱漆黑的颜色
山峦的黛绿也是河流的，河流的橙黄也是平原的
平原的紫蓝也是阳光的，阳光的铁红也是月光的
月光用银白色照着我
我变得漆黑
我用手摸过自己的膝盖，生硬、迟疑，我一跪苍天有什么用
我膝盖上有血，苍天苍茫
二跪大地有什么用，我膝盖上有血，大地苍茫
三跪什么，跪父母，他们膝盖上有血
他们膝盖上的血是漆黑的

洪 放

洪放，1968 年 1 月出生，安徽桐城人。20 世纪 80 年代开始发表诗作。中国作家协会会员。

◎ 预测者

我愿意写下所有的字，愿意预测这已经到来的新的一年。
我手掌发红，脸色虚肿。我内心里开满忍冬
耳朵里撞击着香樟树籽。我从前一个人独自行走
如今我有了同道。我们在透明的尘埃里彼此支撑
修正，切割，完美。
像革命者，经营着爱情。

我写下的字，只有你能解。
我预测到的一切，只有你能破译。
你是我的更深层次的我。
你存在于新年的空气、植物、雨水、月光与
芭蕉。

我们建筑秘密的城市，街道，四合院，我们建筑巷子
鹅卵石花园小径，格子窗，天井；我们建筑书房，小轩，长
长的走廊
然后种树，写诗，过日子。我们建筑预测者的天堂
却不得不委身于流亡者的地狱。

◎ 秋日山坡

铁红。紫红。由绿到红。由黎明之日光
到黄昏之暮色。红色的秋日山坡，语言被风和低矮的
蕨收藏，那一闪而过的光——去年秋天的人
早已走远。我们不过是踏着消逝之脉络而来
而何人能避开如许？山果坠落，野花凋零
不需要悲哀，更不需要怜悯。万物自有来去
一切荒凉，无非是人心！

靠西边，松林里有狐出没。它无视山坡上渐次覆盖的秋色
如同那些行走的人，无视我正在颓唐的
中年

227

◎ 大　寒

阴极阳生。路从那些流水旁渐渐没入暮霭，从前的人
在此刻点亮篝火，借以温暖流星。
而村庄上，中年的树，裂开第一道口子，如同
破损的手掌。寒气往下，落叶旋转
我独自饮一杯酒，在心里重写一遍那些名字。

我已经把要走的路都走了。
把要唱的歌都唱了。
把要喜欢的人都喜欢了。

在大寒之前，我已经把要说的话都说了。
剩下的，就是那些从上往下的寒意，我已学会将
它们放逐。我开始珍视那微小的从脚底下涌出来的
火种。你说——我们都是喜悦的。

阴极阳生。大寒之日，流星温暖
羁鸟归林。

◎ 死亡者

她还不到中年。她已死亡。就在昨日
她回到另一个世界，她不再言语。
她成为一个空洞的词，一首
无法再唱出的歌。我不知道她有没有泪水
但我能想象出白发者的泪水
而她，已将双眼留在这她不得不离开的尘世。

那么，她还能看见。
那么，她还能唱出。
那么，她还是白发者的小棉袄。
那么，她还是灯光下那个发着光的女子。

我们不能妄评死亡。如同，我们不能臆测命运。
她还不到中年。梦就断了。
爱就断了。心就断了。
她已成为过去的人，想到此
仿佛已经多年。仿佛她来到这人世，就是为了
唱着歌声告别。

◎ 素简之雪

半夜，雪从小寺之后的松林里落下。雪落无声
河汉清且明亮。大地之木鱼，至此刻成为巨大的
收心之皿。过往的人，中年，苍老，花白之发，长须
抬头看雪，寺如芥子，人如赤豆。
桥在前夜被毁。据说当时风大。
而今，雪落下来，一切俱成混沌
素心之人唱歌，简朴之人品茗
相爱之人说话。松树枝头见寒星
见东坡书法，见石头被鱼洗濯，见袈裟被
黄土覆盖。无限悠远之人，问雪何来？
雪问之如何归去？都是无言。
至亲不宜说出，至爱不宜喧哗，至疼
不可省略。收集高处之雪，以备来年茶炊。
对坐，听雪，我已学会素简，黄昏时分
听曲子，临米体，入须弥，不动声色，不闻犬马。

江　耶

江耶，本名蒋华刚，1968 年 3 月出生，定远人，中国作协会员，中国煤矿作协理事，淮南市作协副主席。作品在《诗刊》《中国作家》《星星》《清明》《作品》《扬子江》等报刊发表，入多种选本，获安徽省人民政府社会科学文学艺术出版奖、全国煤矿乌金文学奖等多个奖项，著有散文集《天在远方弯下腰来》《墙后面有人》、诗集《大地苍茫》。

◎ 当你老了

亲爱的孩子，当你老了
爸爸肯定早已不在人世
这是我老了之后最大的担心
亲爱的孩子，不能陪伴你的爸爸
和无所不在的上天，为你安排好了一切
你不会太孤单，不会老无所依的
爱你的人已把我的爱接替过去
你付出的爱也是我的心意
两个人的生活经验堆积在你的身上
命运已经给出答案，人生已经十分美满
希望你像爸爸一样，与所有敌人和解
再也不要试图改变什么，顺其自然地
热爱这个人间，热爱这个世界

像河流接近入海口时变得宽阔而从容
一切都平静了下来，时光缓慢而安详
亲爱的孩子，如果你偶尔会想起爸爸
你要想到，我们共同的快乐时光
那些都是我人生中最重要的时刻
你让我的生命有了意义，我一直心怀感激

这就是爱吧。亲爱的孩子，当你老了
我希望你像河水接纳所有溪流
仍然能继续爱着，爱每一个新鲜的孩子
你相信，我们尘世的缘分远没有结束
也许他们中的一个，就是我的转世
正在热切地，千方百计投奔你

◎ 人字梯

傍晚，天上余光

和刚刚开放的灯盏
一起关照着这不起眼的街道
穿夹克的工人没有衬衣
他的怀里，抱满了亮

人字梯在后面三轮车上
它静静躺着，在人的一半水平位置上
挺直身子，把高度放倒
方便在车水马龙里穿来穿去

迷茫的命运等待着，把人送向高处
危险的境界，人的心高高悬着
它还是站了起来，打开腿
它仍然走不了半步，只是
有限地帮助一个人上升
两条腿团结得越紧密
就会把人，上升到更高的地方

不胜寒吧，两个方向的梯子
在高处紧紧地抱在一起
朴素取暖。它们稳定不了自己的身子
动荡起来，再一次倒下
一大摊子的沉重，用负担
降低着搬运人的行走速度
让这段模糊的时光
更加艰难

◎ 青花瓷器

她光洁、脆薄、透明、细致
弓着身子，饱含着孕育
仿佛一个女性，与我正好对称
她的身世是老家的一把泥土
不管她在什么地方什么位置

232

我看到了都感到十分亲切
她洁白的身上写满了青涩的心事，和
不明的路程，像是一抱高档的丝绸
柔软却紧紧地将自己缠住

她还是日常生活里的器具
她从现实中抽出身来
在高于生活的火里修炼、提升
她可以与我的形式分道扬镳
从此不食人间烟火

她高高在上了
她的清脆她的易碎她的美丽
都是一种极致的威严
我必须心怀敬畏，小心回避
在一步之外的前方仰首瞻望

但我忍不住，忍不住要伸出平常的手
战栗地触摸。她是一阵细微的凉
从我的指尖过来，爬上全身
一种熟悉的感觉，像一场轻微运动
或者不明原因的病症
在身上制造出细密汗水
成为生活里的一个担心

事情已经不再单纯
但我看到的还是花
——没有来得及变黄变粉变红的花
像是十几岁的年纪
在幼稚的爱情里迈不开步子
我努力贴近，用力吸气
我闻不见香味，但我确信它们存在
像我的一个梦，在早晨留下影子
却不让我想起细节

233

我只能远远地看着、想着、爱着
即使摆在面前，也要把心思放远
我的小家当抵不了她现在的高贵
即使她是手中曾经错过的一把泥
我们的距离就是这么短
短到只有一两步，一分钟的路
却永远不能到达

我确定，在我转身时，她就睁开
深埋在身体里的眼睛
她会看着我，满是忧伤
这是一个宿命的结局。而我从来不会相信
现在，阳光明媚，百鸟争鸣
青花瓷器在记忆之中的生活之外
盲目地卑微，我不得不认真起来
我要说出，说出爱
在我纯洁的心情上，让生活
成为一幅青色的图案
我想这只是一个开始
她还会成长的，我确定
再过二十年吧，我要她过来
在我的生活里更加成熟、美丽

罗 亮

罗亮，1968 年 6 月出生。著有《把马鞭折断》《密室喧哗》。诗歌或对其诗歌鉴赏的文作散见于《名作欣赏》《凤凰生活》《飞天》《诗歌月刊》《诗刊》等刊物。其作品入选《中国二十世纪六七十年代出生诗人作品精选：词语的盛宴》《安徽青年作家丛书·诗歌卷》《中国新诗白皮书：1999—2002》《安徽现代诗选》《中国当代短诗三百首》等多部文集。部分诗作被译成英文、韩文。经济论文见于《对外经贸实务》《当代经济研究》等中国经济类、国贸类核心期刊。曾参加第六届中华世纪坛中秋国际原创诗会；曾获安徽诗歌学会、《诗歌月刊》举办的"首届安徽诗歌奖最佳诗人奖"。

◎ 纪　行

在潭边，我立下誓言：
要一心一意对柳树好
要一心一意对清流好

至于对我自己，无所谓了，
我终归会老去，死去

但我立下誓言：要一心一意对外面的世界好

这首诗若语言风格有所变化，
那是受你影响：潭水，山岚，雾霭……
那么我立下誓言，要一心一意对自己的这一次改变好

◎ 我每天都想哭

我每天都想哭，无人能理解我
看到师父，小孩，看到鲜花，白骨精……我也想哭
最好的一批词汇我拿出来了，米饭，饭碗

看至三年前，三十年前，我也是
这样；至原点，极限，悬崖边，说到存在，我也不停下来
别管我，别管文字，别管脱缰
和乖乖的马
病马，矫健之马的马蹄，马蹄莲，好丑的摄影技术

别管个人的历史（泥深的，泥泞的，可以构陷马蹄的）

我层层展开，孔雀，洋葱，莲花层层展开
我知道，我的天，十分蒙古，十分青海，十分西藏，十分
高原

236

◎ 镜　面

没有人和我玩，我抚摸一灯盏，我说：你好！
李时珍。半夜来看病

我有互相矛盾的调侃性的证词，叙述病因
你有帽子，像古代的有名医生
这就够了，这足够了

这使我今夜不得不说出真情：

我需要一个人，看着我，戴高高的李时珍的帽子

◎ 一日记

我常在一座现代化的建筑前悲伤得像一只茄子
秋天的，紫色的，弯腰的
士大夫家族的整饬和肃静，小商小贩的思想
滚滚马车车轮下的红尘
儿时的顽劣，到老来仍驱不走的一丝淫荡之心
苍蝇，玫瑰，花粉……
一齐扑面而来，一齐袭人

一些研究天人的先走了，赶紧开好明天的会
一些明了主客体关系的人病了，赶紧抱紧今日的柳树
镜中的像，醇酒里的恍惚
道路的分岔让胆汁分泌

数学，逻辑，分析
九宫数独
浑天仪
我孩子眼里和画笔下红彤彤的天空
向上弯过去的向日葵

这些露着口的布袋子
浓密阴凉的植物下表面平坦安谧的湿地

我不敢久留，不敢深入
我从门前走过
在头顶，梁上，屋檐，墙根，茅草旁我都小心

后来我像不敢试着伸出一只脚就匆忙跑开的轻佻蝴蝶
我愿意扛乔木下山，粗重的乔木
粗暴地让我喘出粗气——它是粗而俗气的
可以治疗我周身的隐痛和十公里内肩部的炎症

邵晓晖

邵晓晖，1968 年 11 月生于安徽歙县，祖籍安徽绩溪，现任安徽省委宣传部副巡视员、秘书长，1979 年开始习写诗歌，1984 年发表《希望的太阳在这里升起》并被收入《中学生诗选》。

◎ 忧 郁

一个忧郁的男孩
盯着蓝灰的天空
苦苦寻觅
一群缤纷的彩蝶
散落在四周
不能拍一张全息照片
便想捉住所有的色彩

捻着美丽的触须
四顾梦醒的空旷
几多遗憾的粉末
飘下　又飘上
沾在了高高蓝灰的天空
遥看这满脸皱纹的男孩

◎ 心之叶

漫步在碧绿的湖畔
温暖的阳光照在我们心上
我跳跃着折来一节柳叶
你微笑着不语
和我一起目送那熟透的红叶

◎ 朦 胧

这一步是斜风
那一步是细雨
我们每走一步
都在填写一个朦胧的字符

近的是心跳

远的是薄暮
有位朦胧的歌手
在低吟一首朦胧的夜曲

让梦与他追逐
我走出了朦胧
你却陷入了朦胧的寂寞

红　土

红土，生于 1968 年 12 月。著有个人诗集《八月》《花冠》。现居合肥。

◎ 风吹过的一切

风吹着茄子花
也吹着野茅草
风吹着我们看得见的
也吹着我们看不见的

人心啊，若荒凉是多么欢畅
人世啊，若欢畅是多么荒凉

◎ 清　晨

很多次说起清晨
和那个与我们共同生活过的鸟
我们不必去模仿一只鸟。和那些
过于美好的生活
我们共同经历的生活是在某个清晨

是被人怜悯过的生活

◎ 陌生人

我们同时在某一地
又同时用光了某一刻
我们抵抗着空气　也抵抗着自己
我们人生的大部分时间
就要这样地在一起而不能说我爱你

◎ 邻　居

邻居提了水去楼下贴饼
邻居在草地上贴饼
在树干上贴饼

邻居从楼梯一直贴下去

邸居贴了很多的饼很多的饼很多的饼

◎ 我的欲望挂在干净的枝条上

我没有孩子
也没有爱
我的欲望挂在干净的枝条上
穷人看得见
富人看得见
路人看得见
菩萨看得见

叶匡政

叶匡政，1969 年 4 月出生，诗人，学者，文化批评家。1986 年开始在各类文学杂志发表诗歌，作品入选《中国第四代诗人诗选》《中间代诗全集》《朦胧诗二十五年》《中国当代诗歌经典》《新中国六十年文学大系诗歌精选》《百年新诗》《中国诗典 1978—2008》等 60 多种诗歌选本。著有诗集《城市书》（花城出版社 1999 年版）、长诗《"571 工程纪要"样本》、文化批评集《格外谈》（商务印书馆 2013 年版）《可以论》（中信出版社 2015 年版）等，编有《孙中山在说》《大往事》《日本格调》等书，主编过"华语新经典文库""非主流文学典藏""独立文学典藏""独立学术典藏""独立史料典藏"等多种丛书。现为香港《凤凰周刊》主笔。曾获台湾第一届双子星国际新诗奖及国内 10 多种诗歌奖、首届中国新锐媒体评论大奖金奖、博客十年"影响中国百名博客"奖等，2010、2012 年入选"华人百大公共知识分子"，2012、2014 年入选"中国百名意见领袖"。

◎ 生 活

整个白天，她都在拒绝自己
洁白的厨房，她摊开鸡翅
绿色的菜心。整个白天
她一边弄脏，一边清洗
显得毫不在意

到了晚上，她停下来
黑暗泄露出陡峭的内心
整个夜晚，她的双手又空又冷
整个夜晚，她把软弱的枕头
翻个不停

◎ 葡萄藤

我三岁的女儿
她喊我哥哥，她喊我姐姐
她喊我宝贝

我都答应了
因为我渴望有更多的亲人

傍晚，坐在后院
我们一起仰起头
我们一起喊："爸爸，爸爸……"
我们喊的是邻居屋檐下
那片碧绿的葡萄藤

我们多么欣喜
我们紧紧地抱在一起
因为我们都喊对了
它是我们共同的父亲

246

◎ 光　线

微暗的床边
闪亮的针尖。外婆
飞针走线时安详、严肃的脸

针尖使人朴素，只缝补今日
它指向这里
指向人活着的地方

当外婆离去时
嘴里含满了茶叶
针尖使我可以忍受自己的幸福

为了亮一些，她移到窗前
一针一针地缝下去
永不复返

◎ 塑　像

我躬身在一只烧焦的电闸前
它要打开
它要对着躁动的人群打开
它要移走所有漆黑的房间

远处的巷道像一支嘈杂的练习曲
在我耳边
我站在木凳上，黑暗中，打开电筒
看到了自己年华的流失……

这只焦黑的电闸
它静默，从容
仿佛经历过真正的痛楚

像我那不愿说话的亲爱的兄弟！

◎ 第二粮食仓库

这是米的颤动。高大的仓库
几只麻雀不曾转身
就从气窗上飞走

一个人沉溺于这静叠的整体
使他屏息，把自己挤得比米更紧
清冷的房梁下没有任何运动与它相像

粗大的光线把仓库变得无比沉寂
使粮垛站得更加坚定
我究竟看了多久

那种丰盈才在粮垛之上缓缓升起
又朦胧，又唯一，像生命解体时的光芒
安详地说："我的身体就是目的。"

光滑、洁白的米粒，在仓库中
保留着一点泥土的温暖
淡淡的米香悬垂在黑暗深处

像小小的种子，在那里
我听而不闻

莫幼群

莫幼群，笔名老末、莫契，1969 年 8 月出生，安徽诗歌学会副会长兼秘书长，现供职于皖新传媒。著有《书生意气》《人在时尚里容易发呆》《草木皆喜》《偏听偏信》《温柔的怜悯》《漫游2050 年》《地的传奇》《你比所有的花都活得长久》《节日是一首温情的歌》《千叶集》等散文集、诗集、小说 20 余种，主编有"最美中国"丛书（共30 卷）。

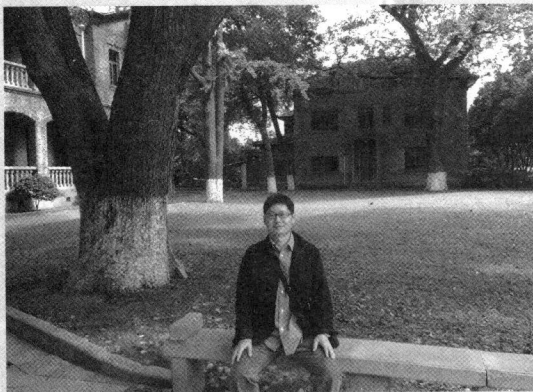

◎ 蚁 阵

究竟有多少蚂蚁在排队
连蚁王也不确知
就像太阳记不住自己有多少星星
记忆，是大脑袋的人在乎的琐事
每一只小脑袋的蚂蚁
只记住了排在它前面的五只
和排在它后面的四只

总有一些会掉进时间的缝隙
其中有的幸运地重生
从幽深裂谷中冉冉升起
自然，它忘记了自己的身世
只记住眼下排在它后面的四只
和排在它前面的五只
同时模糊地知道
有些朋友不会回来了

◎ 秘 密

那个下午的秘密
关于一些生命的秘密
只有我和两只小虫知道
一只紫薇花叶上的瓢虫
一只海桐树叶上的蜗牛
或许还要加上第四者——上帝
但这秘密其实就是上帝本身
至少我们窥见了他藏在面纱后的一角
所以不需要重复计数

然后怀着巨大的喜悦
和巨大的空洞——两者总是成正比

250

——转身离开
就像我们从未相识那样
我向着喧嚣的闹市
瓢虫爬向叶子中央，变成了花蕊
只有那只蜗牛，带走了自己的呼吸
却把壳留在了那里
好让停滞的时间赶上来
在壳内雕刻出美丽的螺纹

◎ 如何过一个天真的端午

别再把菖蒲裁成长剑的形状
让它留在池塘为蛙声站岗
也别把艾蒿做成老虎的模样
让它留在田野熏陶真正的小鹿
北方的汉子请停止射柳
让柳条自己系住夏至欲至的日影
南方的小伙请搁浅龙舟
让诗人在水下做一条安静的小鱼
撤下给白娘子预备的雄黄酒
让她毕生保持一个妖精的尊严
甚至给粽子里的米粒松绑
让它们在一碗热粥中舒展身姿

在这个最多习俗的节日
忘掉所有习俗，放弃
一切仪式，待在自己的小屋
枫杨垂地，涛声远去
静静等那个叫邪的顽童前来敲门
应答，开门，然后用
失而复得的天真，与他对视

◎ 许多好诗是雨天写的

合肥今天下雨了

许多好诗是雨天写的
那些年前的那些场雨
因为杜牧的行走
韩愈的童心
陆游的梦游
还有清照的泪滴
而变得不同
于是一直定在那里
经过你也经过我
收集我们灵魂的湿气

许多好诗是雨天写的
在雨天写下的诗
从来不需要标点
那是雨自己的专利
有时它一直用逗号
有时它一直用顿号
甚至一直用感叹号
偶尔用一点分号
但用得最多的还是省略号
因为它明白世间
那些漫长而遥远的思念
它懂的

许多好诗是雨天写的
合肥今天下雨了
于是我徘徊在草丛
看见那不间断的省略号
从牵牛的叶子点到杜鹃的叶子
从鸡爪槭的叶子点到龙爪槐的叶子
再从鹅掌楸的叶子
点到鸟雀透明的双翼
汇成晶亮的小溪

◎ 什么是诗什么不是

跨度就是诗
我曾琢磨了一个上午
该怎样把这个汉字跟另一个
联系在一起，于是
就看到李白从桥那头走过来了
在他背后，桥身消失
变成天边的彩虹

宇宙仍然在膨胀
一颗星星陷入黑洞之前
回望它过去所在的位置
那就是诗；大地仍然在翻滚
一粒麦子下沉之中
掉入一只小盗龙伤感的眼眶
那也是诗。整个下午
我都在琢磨自己手中的
这个汉字与李白用过的那个
有什么不同，彩虹已经
在天边消失
跨度就是诗

武 稚

武稚，1969 年 5 月出生，安徽省五河县人。获冰心散文奖、孙犁散文奖、安徽文学奖、曹植诗歌奖等。出版散文集《看见即热爱》、诗歌集《我在寻找一种瓷》《在光里奔跑》。发表作品近200 万字，作品散见于《清明》《绿风》《诗歌月刊》《中国诗歌》《安徽文学》《诗林》《扬子江》等。近年来多家杂志头条刊出其作品，有作品入选《诗选刊》《散文选刊》《青年文摘》《散文中国》《特别文摘》及多种版本的年度散文、诗歌选本。

◎ 有到五河去的吗

有到五河去的吗
有到五河去的吗
穿着油皮夹克的男子　站在路边
沙哑着嗓子　一遍又一遍地在喊

旧包裹　蛇皮袋　也许还有油纸伞
低腰裤　披肩发　或者还有背包客
他们顶着梦幻般表情
世界似乎只剩下走动　走动

滔滔江水　似乎想载他而去
而那个人一次又一次切入水中
衰老的皮囊里　有着不可移的坚定
坚固的牙床　咀嚼草根似的咀嚼着那句话
有到五河去的吗
有到五河去的吗

日落时分　这个城市开始煮咖啡
这个城市开始蒸馏生活
那个男子还站在那里　他只会说这一句话
有到五河去的吗
有到五河去的吗
像一个农夫　坚定不移地把最后一个穗子喊回去

我这一生　可能走在路途上
可能死在路途上
可是为什么挡不住　这一声
来自最低处的呼唤

◎ 村　庄

村庄一闪而过

我的眼睛被猝不及防地撞了一下

掩不住的灰黄　灰暗底色
固执地生长砖头　瓦片　泥巴
村庄却不懂得深沉　风一吹它就绿了
风再一吹它就长高了

沉默寡言了大半辈子的人
如今选择在阳光里坐着
它们像静物　守着炭火　一动不动
如同沉默寡言了大半辈子的村庄

这个和我生命有着亲密联结的地方
如今越来越空了
有人窃走早春浮云　有人窃走铜质月光
有人窃走连绵咳嗽　有人窃走辗转叹息

村庄的后面　还是村庄
村庄是岁月的脸
是大地上坐着的古旧愿望

在异乡　我把燕子看作是故乡的
把一根草　一棵树　一场大雨看作是故乡的
那个把黄昏踩得高低不平的老者　也是故乡的

村庄　无论我在与不在
你都能很平静地从严寒走向春天
村庄在土地深处
或在我们身体某个部位　发出声响

◎ 铁　轨

我相信　它是爱着那枚浑圆落日
才沦落风尘的

长长的句子　不是呼喊　只是低语
并且发自内心

像一帧民国时期的黑白照
如果再有一个暗淡身影
并且背着一把竖琴

火车在的时候　让火车行走
火车不在的时候　让自己行走

自由　缓慢　具有某种张力
甚至远志
虽然火车的轨道　经常是斜的

光打在上面　像脸颊
黑的　白的
纯色有纯色的厚度　纯色有纯色的质量

总归要走完　这不长不短的一生
一生的千难万险
也不过如此

◎ 一个人走在铁轨上

就这么一截一截　拼凑成了自己的一生

一截一截　像枯木一样守着静寂时光
守着自己的命运

更多的时候　天地为之颤动
天地想挣脱时间的链条

不为风动　也不为幡动
火车的前方　永远有祖先晃动的身影

257

总想用汽笛　唤醒那个坐在冷里的人
也总会有人从这里升入天堂　身上背负干净的灵魂

也为擦肩而过埋下伏笔
那些散落在草丛中的　年久失修的故事

不要轻易说出它的冷与硬
就让它带走岁月与风

此生的轨迹多么清晰
在铁轨上放逐目光的人　一生却被苍茫覆盖

章 凯

章凯，1969 年 11 月出生，现居合肥。2003 年开始诗歌写作。

◎ 静　止

我站在现在回望，过去
是那么坚固，而又突兀。

当七月频频叫唤的候鸟儿还在，
它们却早已是即将远去的风景。

每年都要有这样的时候。酷夏
渐渐温柔，渐渐放行这些
老之将至的事物——回归，
而显得可亲。

我们便从大院的前端走到后端，
——只剩下几株枝叶疏阔的杉树。那么
是什么，还在那儿让我们思考？是什么，
使我们这些一无所有的赤贫的人儿，
在心底忽然发出即使是枯槁的思考的呼求？

"——是什么发出这巨大的声音，
是身体吗？当身体刚刚老去。"

"——每当有乌鸦憩息时，广袤的大地，
就从未因高楼大厦而丧失过分毫。"

"——杉木的果实从明亮的光线中坠下，
除了目光，还有什么能紧紧跟随？"

"——现在，我安眠、读书，满足于
同世上一切坏人儿诀别。"

"——过去就是静止。"

◎ 一年蓬

尽管我们踏于其上，
但唯有大地能包容。

每天的第一道阳光
由它赏且尽得，

不与我们半点。最后一道也是。
那是我们够不到的景致。

——神秘的事物啊，没有你们
我们该有多么孤独。

——孤独的事物啊，没有你们
我们该有多么动荡。

◎ 缓慢的静穆

缓缓地爬上山巅。
人迹罕至。团云汤涌。

丢弃不相关的物什吧！
天赐衣食，苦赐甘适。

但愤怒，来自那一面的真正咆哮，
依然存在。仿佛就发源于这片刻的闲憩，

仿佛我们生命中所有的美也发源于这闲憩，
以及闲憩中缓缓达到的静穆。

◎ 遍及我们的国土

正义给我们一切，而我们

却时时破坏它。
因为我们鲜活的生命,
懦弱而虚荣。

我们宁愿在笼子中寻找意义。
那些冠之以终极、平等、自由,
甚至是,虚无的意义。

遍及我们的国土,都是
这些意义……只有爬上山冈的人,
他们一览无余,但他们带着镣铐。

当他们倒下,我们或许可以
在那上面,埋上他们留下的国土。
广袤的大地啊,原谅我们!

也曾看到丰美的田野,也曾看到
流淌的河流,崇峻的高山,并且我们,
也曾不由自主地用一些形容词来抒情。

原谅我们丢弃了那些高贵的抒情。

我们懦弱虚荣的生命,瞬间的鲜活,
同时也贡献了,我们下一代的生活。
当然,我们也有快乐,
我们的快乐,借由他人片刻的温柔
——而忽然发生。

许　敏

许敏，1969 年 12 月出生，安徽肥西县人。中国作家协会会员，全国公安诗歌诗词学会副会长，安徽省诗歌学会副会长，安徽省公安作家协会副主席，全国公安文联首届签约作家，安徽省文学院第三届签约作家，现从事警察职业。作品入选《中国年度诗歌》《中国诗歌精选》《中国现代诗歌精选》《安徽文学 50 年·诗歌精选》《星星 50 年诗选》《新中国 60 年文学大系·诗歌精选》等多种选本。出版诗集《草编月亮》《许敏诗选》。参加诗刊社第 23 届青春诗会。

◎ 或者槐花

槐花在一条街弥漫　我嗅着
它的香气　像女儿成长中的等待
那槐花经历的　她正在经历

仿佛初吻　和它羞涩的心跳
仿佛吮吸乳汁的婴儿中的一个或
无数个　我不能轻抚绿叶中她令人心颤的闪电
和迷醉　这不同于城市枝头的呓语
那是乡村燃起生活之火的煤球炉
和它飘散的热气和饭香

跳过无数夜色的池塘　节能灯下
母亲继续劳作　巨大的阴影在时光里
颤动　有一种不易察觉的擦痕
她爱过这条街　和洁白的槐花
透过死亡的针尖　我抹不掉她的偏执和忧伤

一条街是春天尚未驶远的一列火车
它藏匿巨大的空旷
幸福　或者槐花
只不过是像我这样起伏不定的人
在季节进入两次阵痛之间的短暂喘息

◎ 简单的一天

阴雨天。火柴皮湿了。
母亲擦了两根，没擦着
就心疼得不忍去擦第三根了……
她去邻居家引火，攥紧一把柴火
又从柴堆里抽出一把，以作酬谢。
看着母亲匆匆的背影

转过墙角，那么低矮
像一朵由泪水构成的暗黑的火焰。

◎ 吹　送

晚风掠起屋檐下晾晒的旧衣衫
晚风在继续，旧衣衫魂魄一样，飘来荡去
仿佛父亲的劳累
在一根晾衣绳上得到舒散
屋檐低矮，远山复远山
我碰上捡柴火回家的弟弟
闷闷的不吭一声，细胳膊细腿
也是一捆柴火
母亲佝偻着背，背着另一座山脊
内心的渴望小兽一样
挣扎一下，又归于平静
北斗七星没有任何声响
我淡忘了的风，从草尖上滑过
缓缓吹去一个人的傲慢

◎ 献　诗

风一次次地把目光，刮到树上，碰出声响
村庄，鸟巢一样。树顶的星群，像一个内心
紧抱信仰的人开始平静下来。那些白日里
穿越林梢的麻雀，斑鸠，灰喜鹊，白头翁
它们都到哪里去歇息，它们把夜晚交给了萤火虫
一粒，两粒，三粒……有着这么美而易亲近的距离
仿佛漂亮的卵石露出水面，所有的灯火都黯淡下去
而我是村庄唯一的孩子，杉树一样举着自己
手握青草，持续地高烧，把夜晚看成是一垛堆高的白雪

阿　尔

阿尔，原名杨永振，1969 年 12 月生于利辛，现居宿州。作品散见于《诗歌月刊》《诗刊》《青年作家》《星星》等十余种期刊并入选多种诗歌选本。

◎ 伊丽莎白·毕肖普

（Elizabeth Bishop，1911—1979）

我甚至有一次在二楼的窗玻璃上看见了她，
或者说是我相信看到的就是她。
她粉盒高举，看着上面的小镜子，
在那么多人的街上，她只盯着小镜子。
她挺胸收腹仰着头，
并不比谁走得慢。
躲避行人和车辆，她只靠本能；
抬脚上天桥，她只靠本能；
闪过算命人的摊子，
和乞讨者闪亮的茶缸，只靠本能。
我当时看到的唯一真实的东西，
就是她的本能，
本能，本能，
本能的脚，本能的膝盖，
此外除了小镜子，
什么都是虚幻的。
隔着玻璃我喊她，她本能地应了一声，
没回头。我打算喊她上来，
好好聊聊，
就又喊了一声，
她本能地回一下头，
却不再应声，
她接着盯着她的小镜子。
当她走到天桥的另一端，我看着她就要消失的背影，
又觉得不认识她了。
她是谁，为什么总是盯着小镜子。

◎ 春天的尴尬

我想在这个春天写一部小说，
或者说，我想在

267

一部小说里写这个春天：
一对恋人，男子不知去了什么地方，
女子则留在深深的院落。

太阳暖暖的，我不知自己怎么总是那么
容易疲倦。可是我不能让春天
就这么白白过去啊。有一次，
我坐在松软的河岸上，根据我的构思
描写那个院落：

桃花落了满地，女子穿着白色纯棉睡衣，
慵懒得像个女鬼。
披散的头发，
赤裸的脸颊和颈部，以及双足，
在斑驳的光影下，
使她看起来如同釉质的瓷器布满裂纹。

我好像爱上了这种不真实。
一只猫在进出假山的石洞，
或许不是一只，而是
两只、三只，或更多。
它们在相互无声地追逐。

一只猫卡在石缝中，吱哇乱叫。
其实它不是被卡在石缝中，
刚才它们从山洞中出来，它走在最后。
它刚刚露出脑袋和半个脖子，山洞
就忽的一下合拢了，它挣扎。
春天的活物全都注意到它的不幸。

它想退回去，已经石化的部分
把它堵在了外面。想出来，
可是拼尽全身的力也无济于事。
走在前面的

268

回转身来想把它拽出来，
谁知道最后会不会把它拽为两半。

这该死的家伙吱哇乱叫，
让我的小说也突然卡在这里。
我用铅笔敲着稿纸，四下观望
太阳像柳丝纷披下来，一个人走到我身后
伸头想看我写些什么
我连忙用手捂上。

黄玲君

黄玲君，20世纪60年代末出生于安徽省宿州市，曾从事中药、税务等工作，现为文学期刊编辑，居于合肥。1980年代中期开始诗歌写作，著有诗集《微蓝》等。

◎ 斑雀虚拟

听到斑雀在虚空鸣叫，Juan
对卡卡说："午餐有了！"
晨光中，Juan 开始手把手
教徒弟卡卡，用绳草和树叶，编织
一个罗网，撒下几粒种子
到了午后，他们回来，网中
有五只斑雀，卡卡
欢呼："这真是太棒了！"
Juan 让卡卡生火
准备烧烤斑雀，而让卡卡
迷惑不解的是，Juan
又把其中的三只斑雀，放飞了
他对卡卡说：一人吃一只
足够了。原本五只都会被吃掉
只是，选择让其中三只重生，捕猎
或许会得到山神的谅解。他
又说："战士，要懂得取舍和节制。"
午餐后，他们从容下山去。

◎ 枣树虚拟

囫囵吞下的东西，会
越长越高吗？有刺
有一个共同的童年，天空直而高
曾离你很近
最终远离
留下了果实。每日清晨
你咀嚼，那香醇黏滞
令它榨不出汁水
从而锁住了腹中甜蜜
古人说，大枣皮略带辛味，含金气

一种锋锐杀伐之气
来自树皮上，刀斧乒乒作响
昔年的惠赐
蓄意的施虐
枣儿才变得格外甜美，皆因
枣树虚空的曼舞腾挪
能量归能量
物质归物质

◎ 未走之路

"黄色的树林中分出两条路"——
"而我选择了人迹更少的一条"
那另一条，未走之路，
就此消失了吗？哦，不！
它也同样被诗人的心灵所涉足。

所有行动最初都是精神性的，
那未获选择的更让人魂牵梦萦。它甚至
比诗人实际踏上的更真实，更确定。
只因诗人自我感知力的缺乏，
而无法探知它那持久性力量。

许多年后，人们在诗句里，
仍然一再地踏上，那黄色树林间的
另一条路。哦，那被走过的
早已经被遗忘。
那未走过的，通向了永恒——

◎ 在安庆，江水虚拟

那个江上夜晚，星空下
江轮飘摇直上
甲板上，一个女孩，正陷入

272

漫无涯际
她向江水设问：
"我是谁？"
而在白天，她视而不见的
江水上游，江豚嬉戏出没
只是眼前，江水还是老样子
——不息奔流
永无改变。或者，这
就是江水的回答，奔流不息
带走问题以及提问者
留下这个冬日清晨。当我多年后
在江边旅馆醒来
匆匆爬上江堤码头
惊诧于那些赤裸的冬泳者
他们是无时间论者
参透季节的虚幻，于无意中
他们实施一场冒险
又似在进行仿效——
那些多年前消失江面的江豚

◎ 破壁者

你用整整一天，来丈量
自我和一堵墙壁的距离
有时用前额
有时用后背

而事实上，你只是自我的催眠师
只是用墙壁来
催眠自己
以使埋在时间深处的记忆
一点一滴，缓慢打开——

又是一年春草绿。风雨中

蒲公英，黄色的头状花蕾开了
那些白色小雨伞也将——打开
它们也有
飘入墙壁或者成为其一部分的
渴望

这，需要借助艾草的辛香熏炙
以获得一堵墙壁
又一千年深度睡眠中的清明梦
是啊，假如没有梦以及
梦境中的神启
怎能得到万物本源中的实相呢

也许直到一缕灵魂的自我
甘愿被缚于优美的二维世界
犹如敦煌飞天壁画中的反弹琵琶
自我才终得悔悟
那是久已失传的
以退为进的远古技艺

"夜幕降临，遥远星空下，究竟
你要飞往哪里呢？"
"我只想成为我自己的破壁人。"

卷·四

魏 克

魏克，原名魏克宗，1970 年 2 月生于安徽肥东。70 后代表诗人，作家，纪录片微电影编导，《青年文摘》特约插图作者。曾做过《诗歌报》《大学生》的诗歌编辑及其他杂志的编辑。2002 年 7 月应邀参加《诗刊》社"第十八届青春诗会"。从 1995 年起，在《幽默大师》《中国漫画》《新京报》等数十家报刊开设专栏漫画连载。出版有《零点阳光》《漫画名人名言》《魏克诗画》等十余本图书。另为残雪、柏杨、南怀瑾等多位作家的一百余本图书作过插图。另著有《乡村史记》等著作。

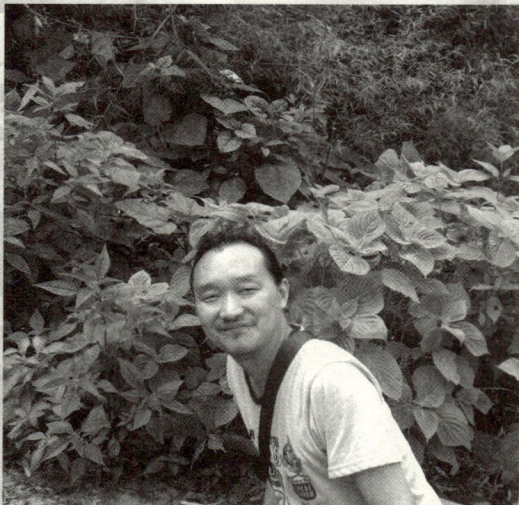

◎ 红色词语

文明	革命	地主	土改
大跃进	国营	知青	干部
官僚	粮店	个体户	

每个时代都有一些词在被人们咀嚼
每个时代都有一些词在嘎巴嘎巴作响

下海	大款	小秘	艾滋病
腐化	炒股	洗头房	吸毒
传销	打工	下岗	

每个时代都会泛起一些泡沫
每个泡沫都点燃过一群火
每群火都烧死过一些灵魂

马克思	列宁	高尔基	托尔斯泰
荷马	亚里士多德	孔子	梵·高
弗洛伊德	庞德	里尔克	金斯堡

每个时代的人
脚下都流动着一些漩涡
每个时代
都有一些名字啃掉了我们的骨头

青铜鼎	坟场	指南针	木马流车		
杯子	麦子	锄头	犁	箩筐	闹钟
咖啡馆	衣服	扁担	草帽	摇头丸	电脑

每个时代都会飞舞起一些闪亮的镰刀
每个时代都有一些词最终把我们埋葬

◎ 床上的波涛

我睡了

在我睡眠的时候
我感到了一种压力
我必须压住我自己
我必须像盖住瓶盖那样
把自己在床上拧紧
窗外大风汹涌
我感到了睡在床上的艰难
今夜　我会不会就这样被大风刮走

整个夜晚　我不能平静地进入睡眠
我翻来又翻去地在床上滚动
如同在和自己撕打
我滚动着　模仿着波涛
模仿着一种在池塘里洗涤的动作
我能否洗去
埋在我内心深处的恐惧

我的一生都在床上翻滚着
我在寻找一个睡眠的姿态
我能否真正地
栖息到我自己的身上

◎ 大地上的椅子

我希望大地上布满了椅子
葵花般盛开的椅子

这个世界上充满了疲惫的生命
他们需要一个安坐的地方

我希望大地上的椅子手掌般盛开
希望无论走到哪里都像是回到了家里一样
都能随时坐下来拍掉身上的尘土
也拍打掉内心里
那巨大的疲惫

我希望大地上布满了不朽的椅子
无论过了多少年椅子都不变
都还在原处

我希望大地上盛开着无数张椅子
你一坐在那里便风停雨歇　万物宁静
无论风雪多么凛冽
你所安坐的椅子都温暖如火
你的内心也都平静如水

这个世界上有太多悲苦的人
有太多注定无法停止跋涉的人
他们都需要一张能消解他们人生疲惫的椅子
需要一张能将我们从波涛汹涌的大地上
高高举起的椅子

我希望大地上布满了不朽的椅子
希望大地无论经过多么剧烈的变迁
唯有椅子下的那一小块土地
永远不变

希望这些不朽的椅子上
坐满了永远也不会死去的人

◎ 我是冬季来临前的松鼠

盛夏我会坐在汹涌的树冠上眺望
收集阳光　天空碎片　和鸟群

冬天我会披着树皮弓身去往旷野
扒出被覆盖多年的记忆取暖

我在我的四周埋藏过很多东西
它们是林间的腐殖质　虚浮　松软
宛如记忆的坟场
容易让人昏沉下陷

如同松鼠时常会
忘记自己为过冬而埋藏的坚果
我也时常会遗忘我的埋藏物
直至它们慢慢发芽
长成一片树林

我一直都在为自己埋藏各种东西
包括钉钉子　躲避袭击
有时是挖掘沟渠以倒影的方式收集天空
我的埋藏物很多虽无用
却是构成一片树林不可或缺的部分

一座丛林的诞生
都是遗忘和抛弃的产物
要是我真的很善忘　甚至失忆了
我想我还能拥有一座自己的森林

阿　翔

阿翔，原名虞晓翔，生于 1970 年 2 月，安徽当涂人，1986 年写作至今。在《大家》《花城》《山花》《十月》《今天》等杂志发表作品，著有《少年诗》《一切流逝完好如初》《一首诗的颤栗》等诗集。曾获《草原》2007 年度文学奖、2014 年首届广东诗歌奖、2015 年第 2 届天津诗歌节奖、2015 年安徽马鞍山李白诗歌节奖。现居深圳。

◎ 拟诗记，出生传

我抬起头，像是刚来不久，在下午乱跳，间或，向鬼魂摆手
有些慢吞吞，房子整个立在那里
仿佛破音，我试着走进隔壁，一切诞生之前
我已经迷失。不知忧虑的树木，曲折有致
如果我愿意，身世可以伪造，浑身就充满水腥气
脸上有一些微笑
其实我畏惧藏匿的使命，我的出生地
使我不停地颠簸，坚持到默不作声
天已苍老，从来不用想起那些快乐日子
何其轻薄，像霜一样，很快就消失。习惯于在清晨
习惯于锯木头的尖锐声的窒息，把眼睛看向窗外
攀藤植物，但是人去楼空，不舍昼夜
那是我的出生地，被摧毁了，挟裹着一切泥沙
我还能奢望什么，在我回去的时候
很难自圆其说，很难给我清白
不远处，一座陈旧的石桥，河水不东流
直到旧工厂逐渐坍塌，所以我拒绝了鬼魂
完全变得可疑起来，一次尴尬的旅行，已没有什么意义
"一切容易流逝，身体容易掉下碎屑。"
随着繁杂的空气
还隐藏了童年的些许忧愁，甚至越陷越深的残生
黑暗中狗的吠叫，打断了那些玩具毛茸茸的梦
让我赞叹的是小妇人吟诗，使我
短暂的返老还童，不必脱帽
我把头扭向右边："妈妈，我向你叩拜，你为什么
一声不吭？"
我有点怀疑，酒瓶排列着，看上去不真实
我想说的是，在肥胖的中年，那冒着热气的马车
带走了辣椒的味道，还有灰尘的声音。那时
秋天辽阔。

◎ 拟诗记，从"情书"开始反对诗

还没到初冬，便盼望一个不安稳的飞行，翅膀决定了形式
密枝决定了藤蔓
这个季节最没有想象，那就从情书开始
缩短时间，缩短肿胀的肚子
也难怪，它是一开始就反对陈列的诗，不是沉默
而是抑制着。
我没有记住植物饲养员的脸庞
这就预示着不会在旅馆过着另一种生活。

这并非传奇。
简单地说，就是盘旋了一整个下午，对于周围的那些客人
掩饰彼此虚构的身份，能为那些愉悦的话
丧失了情书的书写。最深的情感
意味着金蝉不脱壳，至于蝴蝶，我难以想象会适应
冰冷的咖啡馆
还在原地打转。
我进入不了他们的窃窃私语，如果不是因为
对手势的判断，我会对从未发生的事情
感到无地自容。

对诗毫无意义。最隐秘的情书带有深刻体验
在这里，我重复了我的原话："在流水之中我曾与你浮沉
被闪电击亮，你令我有点儿发热。"
其他的一切
和心脏渐趋一致，不亚于审美中的孤独。
沉默得太久，就像我最挂念的，常常不在身边
诸多盲目的顺服令我不安
对于太多的诗我有无穷的忍耐。

◎ 剧场，献给一个人的潜水艇诗

她在涣散，无声和敏感

在下降的过程中，触及
黑暗的、迷宫的水藻，甚至是闪色，我被迫上路
随波逐流
轨道上，断断续续的，各自放逐的十天。

她仍然是战栗的
带着昨夜露水破裂的美，爱上死掉的树叶。
"不要试探我的深度！"我将不能
在潜水艇里发出信号
水漫过琴键，我绕过沉睡的椅子。

那些随便离开的人在水里挣扎着。
至少有时候，我的身躯
被强光照着，而我是黑的，继续下沉
"眼前是合适远方，能走多远走多远。"她不解其含义
在夏日，她抿紧嘴唇把手插在衣物里。

可以看见更多的下午。
譬如下午的倦怠，她迟缓地起身，普通的焰火渐渐微弱
她需要潜水艇，密封和体温。更深之处
有壮丽的轰鸣，我知道，即使这里没有完整的航程
但我从未失去生活的速度。

◎ "整整一个下午梦见老虎……" 雨中诗

下午的雨下得急切，有别于往常阴沉，
可能淋漓至极，双倍清澈，让人漫无边际感到久别。

没有什么比雨中更宽广的粗粝
比之安宁或踩着万人中的自由，更适于下午的突如其来。
如同混淆，一切流逝或完好如初，
被粗心的人随口说出，我确信这短短的一幕，
深入了幸存的记忆裂痕。

284

少有的高傲，在我身上也许带来另一个臃肿，
像是等待，除了面对空荡荡的街景，
没有别的选择余地，
还需要我找出怀旧的理由？

结论为时尚早，如果这样，
我不反对下午的颓废，更多的沉默
意味着听力强大的安慰，更多的习惯
意味着写作的无可指责。

类似破败的事实不容回避，"整整一个下午
梦见老虎……"在密集的雨中，
使用很多赞美诗，
是为了等待这一句最好的降临。

任何衡量抵不过一次梦见，仿佛我只是被老虎
梦见自己冒雨行走，消失在宽松的下午。

285

孤 城

孤城，原名赵业胜，1970 年 7 月 18 日出生，安徽无为人。现居北京，诗歌编辑。已出版诗集《孤城诗选》。作品散见于《诗刊》《人民文学》《星星》等文学期刊。作品入选《中国现代诗选》《中国网络诗歌年鉴》《中国新诗年鉴》《70 后诗歌档案》等诗歌选集。曾获《诗刊》"南宫山"杯全国诗歌大赛一等奖及《人民文学》《诗歌月刊》等期刊全国诗歌征文大赛奖。

◎ 一只乌鸦

一团雪，再也不想白活在其他雪们中间
一团雪
一个窟窿，要黑给这个世界看

一团雪
不惜孤绝，狠命将自己从白雪中
抠出来

一团雪愣是按照自己的想法
飞起来

一团雪，一只茫茫雪野里的乌鸦
在用自己针尖大的一块黑
擦一望无垠的
白

◎ 悬

落笔前，忽然犹疑。是不是该写下：
我这一生

一滴墨水，就快要抓不住
餍足的羊毫
绝壁悬崖上，一个眼看着就快要抓不住的人
那种泫然的样子
该怎样描述
烟云掩饰谷底的皑皑骸骨，低处是
今生来世的淡墨家村

287　　宣纸上的忧伤，在一滴水墨汹涌的内心

提前晕染
一张宣纸，几乎失声惊叫
几乎就要飞起身来
去接一个
眼看着就快要重重坠落的人

◎ 旁观者

时光从牙缝里
剔出骨架

我一朵一朵饮过凋敝的春天
如你所见
那走失在灰烬里的，被灰烬永恒吞噬

我且活着。只是活着
如你所见
一日日，长风无从拆走我内心的庙宇

这逝若汹涌的过往
我需要泪眼模糊，才能将你看清

◎ 路过祠山寺

蚂蚁搬动月光，干着与寂静无缝对接的活儿
斜坡摸黑向低处倾倒草木
三两片碎瓦，压着古徽州的声色犬马
从来处来，向去处去
在佛地
裸体的睡莲，动用了俗家的后园
禅机不比水浅的样子
明月适宜相邀。只是，我已多年不碰杯盏
试图从身体内

拔除孽债，那些早年间欠下的软钉子
争执吗——一切无疑会平息复原
时间与生活从来就没停止，对我们的
有效干预

赵 东

赵东，1971 年 1 月出生于安徽省宿州市泗县，哲学博士，副教授，写诗多年，从事中国古典美学和现代诗歌研究，现在贵州财经大学文化法律学院任教，曾在西南师范大学中国新诗研究所从事中外诗歌比较研究，曾担任《诗歌月刊》海外版栏目特邀主持。参加第七届和第八届"东南亚诗人大会"，宣讲论文《东南亚华语诗歌与中国古典诗歌的关系》《东南亚华语诗歌新传统的形成与展望》。

◎ 一　生

4 秒是小刘节目的长度，小刘的戏份不到 1 秒
他夹在两个刑警中间，像一个猥琐的奸细
可是他刮了胡子，剃了光头，显得比平时干净

女神般的播音员，嗓音像飘荡的鹅毛
"该犯用绳索将女友捆绑，企图实施虐奸，被女房东撞见，
因害怕事情败露，将女房东当场掐死并将尸体埋在租住房的
床下。"

镜头转换，是小刘的卤菜摊和出事的那间租住房
我早晨跑完步就会在小刘那里买上半只板鸭或几根鸭翅
刘记无为板鸭远近闻名，小刘一看见我就喊
"赵哥早，今儿吃点啥?""半只鸭子，不要头。"
"半只鸭子，再送您两根鸭翅。"

小刘是南方人，善于经营，一分钱不嫌少，一百万不嫌多
卖水果的水莲说"刘哥的生意真是太好了，好崇拜哦!"
小刘的菜刀舞得更欢，"跟了哥，钱都是你的。"

镜头再次转换，小刘的女友一身纱布和石膏
她的眼里很空洞，"要他别碰那个，他偏不听。"
女神播音员的那根鹅毛还在飘:
"据法医鉴定，遇害的女房东死前也遭受性侵害，
该犯对犯罪事实供认不讳，当庭判处死刑立即执行，剥夺政
治权利终身。"

◎ 苍　蝇

门口坐吧　凉快
哥哥蹒跚着要去搬板凳
不用　蹲一会就走

我膝盖弯了一下
在他面前矮下来
不争气的屁股却向后翘着
他斜着身子在石墙边坐下来
小心地从鞋里拿出双脚
长长伸直
家里还好吧
今年阴天多
他盯着发炎的脚趾说
几只苍蝇在他脚边盘旋
不时降落在伤口上
孩子的事情办好了吗
他漫无目的地挥着双手
好像在赶苍蝇

◎ 地 窖

越往后越黑
路越来越窄
父亲慢慢弯下腰
我低下头
我的蜡烛举得很高
父亲的油灯放得很低
最后父亲趴下来

我猫着腰跟在后面
我们几乎是匍匐前进
每挪动一下都听见父亲粗重的喘气
现在灯灭了
两双手在地下摸索
一团湿乎乎的软东西缠在我手上
我猛地跳起来
脑袋咚的一声撞在墙上

父亲骂了一句
塑料薄膜
我再次把手伸进土里
忽然一个坚硬的东西戳到我的手指
我心头一喜
连忙用力拔起来
父亲在黑暗中对我笑笑
石头

何冰凌

何冰凌，1971 年 6 月出生于安徽桐城。诗人，评论家，安徽省第二届签约作家，安徽省作协诗歌专业委员会委员，安徽文学杂志社副主编。1990 年发表作品，早年参与创办白鲸诗社，早期代表作有《一地槐花》《来到大房间的猫》等，著有文学评论集《时光沙漏》、文化散文集《话说安徽》（合著）、非虚构作品《我心飞翔》等。

◎ 献 诗

蒲塘之水，安静了，一些了断的
波纹。此生已不可重复。
可能很多人都是一个人，
是第一个和最后一个。
请不要试图僭越我们的生活，
古人早已替我们规定好了。

在次日，花喜鹊飞出林梢。
献出贞洁之唇的
有刺槐和棠棣。悬铃木的粉尘，
怀着几颗少女之心。
"这舞女，正失去她的舞蹈"。
当她低头，并不代表她在想念
那些已经失去的。她没有哭。

为什么一定要哭？
你太多情了。这不好。

让他们此消彼长，
而我们，获得呼应。
在过去的十年，
我经历了梦魇、分娩和死亡
在徐河，我是个消失的青年，
是我妈妈的好女儿，
我还要一直做下去。

◎ 小西天

蔷薇就开到这里。
你好吗？我轻微厌世。

却没有一个湖，
能够让我抱着去死。

◎ 旧　信

来的路上降了霜。
那时槐花细碎，锡麟路的两旁
树木一律高出宫墙
石榴抽出红血丝，如虹膜上的
你哭啊。

流光如流沙。美曰流沙。
你不停地哭啊。
天就黑了，鸡栖于坿
月亮上山坡。

你哭啊。
一个人在厨房里唱歌
将自来水放得哗哗地响。

◎ 怀良辰以孤往

清晨，亡灵隐入枝头
昨夜的白霜消弭了
天地的界限

前夜的白霜早已不在

它是有毒的，也蛊惑
曼陀罗有巨大的花苞
它用此种方式占有着人类

那年秋天在近郊植物园
我第一眼就爱上了它

和它身上颓废男子的气息

一个人在年轻时爱上一个坏人
是件很正常的事

后悔或宽宥也属正常
即便恒河之水
也得不到片刻的停顿

唯我的胸膛里
至今尚存悲欢的大风

黑 光

黑光，又名黑光无色，1971 年 8 月生于安徽怀宁。做过中学教师、平面设计师、主题公园设计师，现隐居深圳梧桐山。1995 年开始诗歌写作，著有诗集《有情众生》《人生虽长》。

◎ 人生虽长

铅笔虽长，有写短的时候
人生虽长，有只剩最后一天的时候
一切都是瞬时
清风啊，明月
城市啊，灯火
虽然有许多疾病，但我爱
有许多刀尖抵着背，然我忍耐
我从淤泥里抬起头来
撑开大大的绿叶
大大的花朵
我无所顾忌了啊

多空啊，多亮啊
我要多一百只眼睛多好啊
多欢啊，多悦啊
我要多一千个手臂多好啊

◎ 生命之美

生命之美，不外乎眼前之榕树
不外乎榕树下盘腿而坐的我
我周边的青草泥土和落叶
都没有愿望
都满足于此时

◎ 雪照色

非明非暗
自言自语
人在桥上
话只说个开头

我有一个乡村
非你所知
我有多个夜晚
非你所梦

◎ 大梅沙

群山起伏
海滩上落满太阳金色的睫毛
白色的鸟，一头头扎进大海
蓝色的肉

多么丰厚
生命时光
乳房，沟壑
烧焦的坏想法

放声大笑
扭动屁股
非笑汝
笑乃自娱

◎ 病居梧桐山有感

临水观山，山清晰如婴儿
观我自己，不如山之静谧
我悲这人的世间，从不平静
而我自己，内心又何曾安息

自然而然
花儿开了
自然而然
泉水流了
自然而然

我就病了

我歇在这多树的山脚
一个轻度城市化的乡村里
周围没有熟人
少交游
少污染
多孤独
多自我洁净

我感激我的存在
和一切的生命体
花开落叶
悲与喜
流动与静默
不断锻造我

凌　越

凌越，1972 年 2 月生于安徽铜陵，现居广州，著有诗集《尘世之歌》《虚妄的传记》《隐逸之地》。

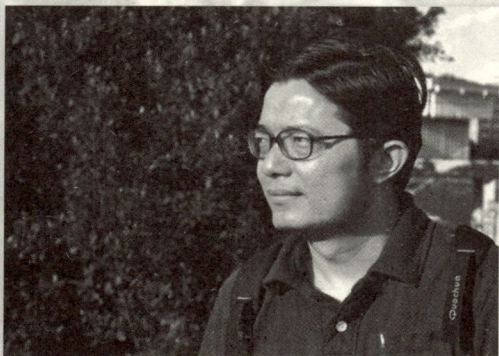

◎ 肮脏的河水流过城市

肮脏的河水流过城市，
为什么这样轻快？为什么
我又听到醉人的旋律，
像故乡四月的油菜地，为什么如此不合时宜？
或者我们原本就有人为制造的嗜睡症，
再也用不着热情使者的一再光顾？
我走在大街上——
欢快的商贩招呼着矜持的小职员，
机灵的摩托车躲让着"皇冠"和"夏利"，
人行道上尽是些散步休闲的老太太；
这些静悄悄的生灵，
我幸运地是其中的一员。
让我们犹豫、观望，
寄望城市里最后的春天的礼仪。
精彩的戏剧，大批量生产的垃圾，
粗大的水泥桥墩正苦苦支撑；
河道一度被堵塞，像要命的肠梗阻，
使得欢快的粪便得不到宣泄。
我渴望挖泥船驶来，
我渴望流速放慢的河道里淤积的手工编织袋，
把世界装起来，密封，腌渍。
是的，是的，我心灰意冷，
一切风景不过是幻象，
一切情感不过是骗局，
我用我的纽扣计算，一共有五粒。
我走在大街上，
我看见人群蠕动如蚁群，
我看见肮脏的河水流过热闹的码头。
一丝欢乐
从原有的灰烬中升起；
哦，灰烬，自然值得赞叹。

◎ 没有听清的誓言

停车，快停车！阿迪安，我明白了——
我们这样追逐一如我们沉默；
为了清醒的假日，
为了一个月苦行僧式的生活，
我们彼此奉献着禁欲和躲藏。
风景区的单调风光令我窒息，
通往海边的路记载着争论的不雅腔调。
在房间里，我当然渴望男人的拥抱，
但不是这条盘山公路所能赐予的，
是你，你听到了吗？
傍晚，一种诱惑替换了我的面容，
让它微笑吧！
它会喜欢的——
彻夜狂欢抑或手工劳动者的专注？
昨天，在镇上的酒店，
我们曾就此事达成了一致，
我们扬帆出海，
就是为了庆贺那不曾摇晃的寂静时刻。
哦，阿迪安，再一次，我看不见你，
在我们中间，不仅仅有雾，
不仅仅有更加隔绝的谈话；
——说过的话和未说的话都是枉然，
没有听清的誓言，再重复便成为虚妄。

◎ 阴天逼视着我

阴天逼视着我：
无处逃遁，大自然沉静的光芒
沿着雨丝滑落。
幻影挑逗瞳仁，
风抚动发廊门前悬挂的毛巾，

姑娘们在嬉闹——像是在夏日明晃晃的画布上。
对于人的豪迈的个性而言，现实即荆棘。
同样杯盘狼藉的盛宴，
同样柔软的丝绸和它炫耀的眼波，
没有人显出疲态——真是咄咄怪事。
落地窗分散市声，
不真实的喷泉垂头丧气，
落日，只是为了慰藉空虚而存在过。
我们回去吧，聚会是可耻的，
像棉被下纠缠的四肢，默默放纵。
爱——视而不见，
天光将万物隐匿。
精神的恩宠究竟不那么踏实。
——把手搭在我的臂弯吧。

◎ 我到过无数城市

我到过无数城市，
我为什么要矜持？
我经历过喜悦、痛苦、离别和重逢，
我为什么要放弃？像骄傲的少年那样轻率。
我回到旧居，面对战栗的喷泉，
开始书写，像风在这大地上的书写。
我走在街上，旁边总伴有美丽的幻影；
我睡在床上，虚空里有声音抚弄脸庞。
我停下笔，纸页里的人物就莽撞冲出：
一个女孩，穿着朴素的格子外套，脸红扑扑；
一个妇人，丰腴的身体衬着世故的表情；
一个老人，眼袋臃肿，垂视着地面。
我的人物孤立无援，
却在重组事物硬朗的质地和记忆的品格。
我到过很多城市，
走过杨树、榕树、槐树和法国梧桐庇护的街道。
我的足迹遍布咖啡馆、餐馆、商铺和书店，

我四处奔波，追逐虚无的力量，
是为了收取此刻宁静的馈赠：
穿制服的男人穿过门廊走过来，手里捧着花；
夜里，群星在天空燃烧；
拉手风琴的歌者走过夕阳下的桥梁。
我历经沧桑？我经历得还太少，
生活，让我继续索取吧，
我亏欠得还太少，
让我继续作为你的耳朵、鼻子、眼睛和泪腺而存在吧。

王 妃

王妃，本名王佩玲，1972 年农历五月生，安徽桐城人，现居黄山，在高校任职。先后在《人民文学》《诗刊》等发表作品。著有诗集《风吹香》。

◎ 我们不说爱已经很久了

省略姓氏。有时也会省略名字
直接说嗳或者嗯

争吵，或者不理不睬，但不影响在餐桌边
围坐、就餐、叮嘱孩子

在拧灭台灯之前，把明天再次认真地算计一遍
最后，用呵欠的尾气拖出一个长音——
"睡吧"
省略"晚安"，省略所有的肌肤相亲
若是寒夜，就在各自的被窝里想念
空调、电热毯、暖手宝、热水袋……
这些能散发热气的名词，会让冰凉的被窝和身体
慢慢暖起来

◎ 把我的江山好好爱一遍

我熟悉每一条河流的走向
有时候我会加固堤坝，把它们抬高
满足水走高处的欲望，实现三千亩谷地的梦想

我熟悉每一座山峦的起伏
在茂盛的草木深处，那些隐匿的洞口
正适合无家可归的鸟兽栖身

我熟悉每一棵草木的长势
横向、纵向，只要它们乐意
所有的枝条可以恣意向四周扩张

我熟悉每一个子民的生活
他们日出而作，日落而息

在刨过的地里，把过旧的日子再次翻新
他们的背影，看起来像另一个我

我熟悉我的江山——
那些属于我的河流、山峦、鸟兽、草木
和子民，他们
都是我身体的一部分
我所过的每一天，就是
把我的江山好好爱一遍
把自己好好爱一遍

◎ 我要的美

没有一个词能准确替人说出隐匿的
秘密。天这样黑

我穿过大雨。车灯照不见万物
——它只照亮我
而你在路的前方

天这样黑。我要的美
黑夜给不了，雨水也给不了
这世上的一切徒有空濛的影子
在赴会之前晃动

让黑夜和雨水继续
当湿淋淋的我，撑起雨伞
迎向同样湿淋淋的你
火焰在燃烧

◎ 想和一只水鸟谈谈心

命中注定：我必须蹚过这四月的雨水
才能遇见你

是什么怀抱着巨石投进深塘？
你的注视，让我有些慌张
水波晃动，我俩的影子都湿漉漉的……

不远处的坟头花开得多像乳白色的皇冠
你嗅到的暗香，有些氤氲
酷似旧王妃遗下的味道
和我喜欢的一样

好吧，我承认：即使被草绳绑成最艺术的花样
一个有裂痕的瓷器，终究是不完美的瓷器
你小小的肉身蓄满自由，轻盈一跃
我庞大的躯壳就啪啪裂成碎片

在碎裂之前，能不能再给我三秒？
一秒拆解草绳
一秒跳入水中
最后一秒贴着你
变成另一只白瓷般的水鸟

舒寒冰

舒寒冰，1972 年生于安徽岳西。1990 年开始发表作品，累计发表诗歌、小说、散文、随笔、新闻、报告文学、理论等各类作品 300 余万字，出版《松花集》《归无计》等。

◎ 远　眺

不能面对夕阳怀古
或哭泣，
以免惊动那些穿便衣的老鹰。
临窗远眺
已成为复辟的罪证。

是的，我是一个潜伏者
看不清天下大势，在松花居
暗藏一窗明月
袖珍半屏青山
常常面对一张水墨垂泪。

兄弟陆游，在一方湿漉漉的枕头上
做着北定中原的大梦；
好友岳飞，善于午夜偷袭
在一阕《满江红》里收拾旧山河。
比起他们，
我是一个绝望的潜伏者。

我的盟友，庄周和陶潜，都逃回卷册。
我的手下，白鸟和刀螂，大多被流放。
我的坐骑，彩云与青牛，被食肉寝皮。
我已化名独孤求骗
只求这世界的骗术，高明一点，再高明一点……

远眺，仅一天工夫，那屏青山
又被谁挖去一角？我不相信！
揉一揉眼睛，禁不住哑然失笑。
青山依旧，是眼皮
被谁缝起一半。

312

◎ 冷空气

初冬下午，静坐高楼
与菊一起，耐心等待。
冷空气正挥师南下
传说中，大雪确已占领北方。

蝴蝶从银杏树上飞走，遁入空门。
两只鸟，不断向下俯冲
又被什么拉起，寒流到来之前
自杀姿势一定要练得优雅。

总忍不住想起那些遥远往事
陆游和岳飞，一生都在收复旧河山。
像我，整个下午
把一个破闹钟往回拨，

但那些温暖而破旧的时光终究一去不返。
风雪迫近，陶潜和庄周
两个乐观的穷苦人
教我如何在悖论中隐身，消磨。

那 勺

那勺，1972 年 10 月生于安徽怀宁，作品散见于《诗刊》《人民
文学》《诗歌月刊》《星星》《诗选刊》《诗林》等期刊，入选
《中国年度诗歌》《中国新诗年鉴》《中国散文诗精选》等选集，
著有诗集《无关喻体》。

◎ 桂　花

没有什么比这株娇小的桂树
安静，素雅，站在细雨中，它怎么可以这样
静？那一地的落花，点点淡黄，在夜里，反复照我

◎ 土　豆

种土豆的人弯着腰
一只手提着竹篮
一手，往垄沟里摁土豆
蒙蒙细雨
看不清斗笠下的脸
种土豆的人
重复相同的动作
弯着腰，沿着垄沟走过来
一直走到跟前
天黑了
我便叫了一声：妈。

◎ 一天或者其他

夕阳开始西下，隐没于林子里的狐狸，露出
尾巴，长长的，像些鬼话。住宅楼坐西朝东
大人、小孩习惯望夜空，数点星星。一颗
两颗，三颗。孤单，拥挤，最后多余。而秋天
就快到温州了，我努力想象一天或者其他，它们的
模样：长天是秋水，静寂是山庄，空悬是晨钟，席地是
落叶。

◎ 无关喻体

315　　我一直对乌鸦保持着警醒的态度

它时不时地出现在田野、村庄、树林
我会把它与礼帽、话筒、教堂清晰地区分开
这很有必要。乌鸦一辈子只活一次
构建物和植物，枯了可以再绿。我知道
自己，这些年在温州，虚胖了许多
有时也莫名其妙。看养狗、养猫、养鸟
养人的。我养一只非形式主义的乌鸦
我用绳子把它拴起来，而不是
放在笼子里。白天陪我练习
哇——哇——哇。安静时，把它揣在衣兜
让它默默地看着绳子，看着我的手势
一只有个性的，非形式主义的乌鸦
怎么看，都不像乌鸦，像黑色的胎记。即使在死后
与肉体也无法分割开。我想，有必要。

潘漠子

潘漠子，安徽怀宁人。1972 年 11 月生。雕塑家，设计师。中国
70 后诗歌运动发起人和 70 后诗歌代表诗人之一。长诗作品见于
《大家》《花城》《诗刊》《江南》等各大刊物。作品入选《中国
新诗年鉴》《中国最佳诗歌》《70 后诗全编》《现代诗经》等选
本。著有《宋庄，宋庄》《需要》《诗人的深圳生活》《汶川恋
歌》《人物志》等十数部长诗。现居北京宋庄。

◎ 深　处

我在她的深处，下坠，流动
像树脂捕获蜜蜂，生育琥珀
我在琥珀的深处，复述并睁开

我在虚无的深处，我是虚无里的核
像时钟，是时间里的核
鱼群，是流水中的核
而所有的核，都躺在真理深处

在安慰的深处，我躺进蛇蝎的深处
我们，在彼此的深处敲响和陈述：

我是一切出发者的归来者
我是逝者的成果，是逝者奉还的经验
我是一切逝者深处的　　出口

◎ 黑歌谣

一只乌鸦，停在树上
它是树上的，一朵花
一只乌鸦，停在心里
它是岁月的，一滴血
停在树上的乌鸦
与停在心里的乌鸦
是两只相反的，乌鸦

而我，是乌鸦的一个词
我是词语中的，一滴血
就像一个词，是一张纸的一滴血
就像一枚鱼卵，是河流的一滴血
蜜与蜜语，或骨与骨感

一个叫自身，一个叫自我
我只是自我中的，一滴血

一只乌鸦，是另一只乌鸦的开始
一滴血，是另一滴血的流程
一个我，是另一个我的归宿

◎ 潮白河

在多瑙河的东边，有一条潮白河
在密西西比河的西边，有一条潮白河
在东与西的纠结处，有一条潮白河
在我们的落差中，在我的低洼处
一定有一条，欲念横流的潮白河

在坚硬的果核中，有一条潮白河
在紧绷的琴弦上，有一条潮白河
在沉浸者的私语中，一定有一条
只为浮现而流逝的潮白河

她可以是多瑙河，也可以是密西西比河
可以是随意一串，泡沫的故乡
可以是任意一片，沉溺者的荒原
她裸露漂泊的形式，封存沉淀的内容

当我游过她，渡过她，沉湎于她
一条潮白河的意义，仅仅是把我扔在岸上
东岸与西岸，默默相望
并被一只大雁统一

◎ 一块砖的故事

一块砖从墙上落下来
仿佛一个词从语感中撤出

一块砖从围墙上落下来
留下一个空缺，如同一只鹰离开天空
留下的空缺

这空缺明亮如我的语境：
相对于封闭、围囿和绵延
一块砖的尽头是第二块砖
没有其他

宋烈毅

宋烈毅，1973 年 1 月出生，于《诗刊》《诗歌月刊》《诗选刊》《星星》《散文》《文学报》等刊物发表过文学作品，并有诗作入选《中国最佳诗歌》《中国诗歌精选》《中国新诗年鉴》《70 后诗全编》《散文 2013 精选集》《散文 2012 精选集》《中国散文年度佳作 2012》等十余种选本。著有散文集《与火车有关的事》（敦煌文艺出版社出版）。

◎ 居　住

吊兰长了十年，令居住者窒息
灯光照着他的叶子
灯光照着他一夜失眠

一个人的私生活必须有
一片暗绿，一小块
不见阳光的皮肤
一个人可能一生只对自己裸露

一个人可能对他的内衣
更有感情
他已经整整一天缩在
一件灰大衣、一条长围巾和
一双大手套里
他可能已经忘了他的身子

他可能正坐在一节
堆满灰尘的车厢里
等待下班，回家
等待一天一次的淋浴

一个人的生活必须有
一道窗帘
一扇百叶窗
或者，喧哗的水声
覆盖着痛快的叫喊

一个人的生活可能看上去静悄悄
一个人的周末
可以什么都不发生

一套房子，他住了十年
一个人不可能同时住在两间
房子里，总有一间是空的
一个人有一天
可能会搬进他的壁橱

深深地，埋在他所有的衣服里面

他被一盆文竹笼罩
他在一把剃须刀的面前

一个人可能一生喂养着
一笼鸟、一缸金鱼
一只绿毛龟
一个人被时间打发着
或者说，他打发着时间

一间房子，一个人可能只住了
一天。一只抽屉
他却打开了一辈子

一屋子的落叶
一个人照看着他的根雕、假山
一个人照看着晚年

◎ 流　淌

我的水龙头坏了夜间
水滴在水泥地上的声音听
起来叫人发疯我拧了又拧
死命地拧还是不行反正
它已经使我睡不安宁于是
骗自己那是一只准时的钟非常
准时地一滴一滴击中

坚硬的水泥地我听得
太仔细竖起了耳朵听我
的心跳太慢它们来自自来水厂
的水塔经过了漂白沉淀
和过滤它们非常干净不像
我的心跳有杂音我没
干过坏事因此
我不怕心不静墙上的
电影明星没有什么表情他们
是一群能控制住泪腺的人不
像我修不了一只水龙头管
不住一群水滴但它们
经过了漂白沉淀和过滤它们很
干净我从不在夜间洗脏
衣我在床上赤身裸体听
水滴这是一件叫人发疯的
事回忆是一件美丽的事
我对耳朵说我爱
回忆可是现在我必须
听水滴一滴一滴地击中
水泥地它们谈不上
是噪音但也没有什么音乐
性唉这重复的日子里单调
的水滴滴滴滴

◎ 开满白花的一种树

我一路上看着
开着白花的一种树
开着细小的白花
有一种伤感的气氛
那些树冠
恬淡而轻
我已经记不起什么时候

324

在什么地方
也看过这种树
也有这种淡淡的白花
这肯定是什么出了问题
譬如记忆
譬如我母亲的突然去世
但我一定见过这种
开着白花的树
它们粉粉的
静静的
一直都是这样吗
一直都是这样

杨沐子

杨沐子，1973 年出生于合肥。著有《并非诗》《杨沐子画册》
《油画棒技法》等，曾获"基诺"艺术家奖等。

◎ 并非幻想支配元引发的

总是需要感伤的音乐点缀
骨头，穷尽各种变化，看得出来
她渴望开一支香槟，庆祝夜之星，舞弄身姿，不可能
她渴望亲近荻花、大雁、南国的小径，不可能
她渴望说我的，几乎，完全是，亲爱的，不可能
走进冲凉房沐浴，把发丝缠上
用陶醉的态度打开信笺，并重复，不可能
诸如此类，喜欢，全都灭了

克斯耶娃，幻想灭了
这是圣彼得堡，歌剧院上演的话剧
药瓶打翻在地，圆的，方的颗粒
她并不关心，她喜欢
意识，冻得发紫，意识，抖了抖
把爱的衣服、爱的暴力都扔在地板上
意识，愧于吟诵，拉开开场白的裤链
把一些气流塞进剧场的裤裆

布洛维奇，幻想灭了
这是 17、18 世纪的爱情，像被
涂抹了荧光粉，我们都被吓坏了
死了，历史变成零
死了，预言那么苍白
死了，各就各位

而夜晚只花费了 5 卢布为他们守丧
曼陀丽花园也与他们完全隔离
剩下卖蛋糕的孩子，她根本懒于知道
那儿发生了什么
她太专注听暖风在广告牌间吹动

◎ 如此之弧

怎么能触摸到它红的、黄的、绿的
深处，涌出一个大的弧，展现的弧

帕鲁卡，她金色的头发飘起的弧
仿佛蒸汽，在舞台中央的弧
风在吹，一股扬尘又向上飞起的弧

它必然是一种错觉，用以方位指南的弧
其中一部分 x 轴，允许可见的弧
她纤细腿上缠绕的光滑的丝绸的弧

嗨，听我说，那必然是一种悖论：
弧是她的身子她的身子是弧？

宁静、不动。突然，一个大翻身的弧
向上，如云；向下，如火焰的弧
一束束渗入到我思想的花园的弧

有一种迫切的香，流动着的弧
产生了一个"或"又一个"或"的弧
它仍然是她，向我转化的思想的弧

（那又是什么？
即使灯光具有不可思议的魔力）

而钢管仍然是钢管，除了她的双腿的弧
什么也不是，此时，又一个大翻身的弧

在弧中，逃出她心灵的三个四分之一的
长短音，混合着，再也没有实体

（注：帕鲁卡，德国舞蹈家）

◎ 与其说是风景

眼睛蹦蹦跳跳，拽出
一些事物，由一个高大健壮的男士陪着
他和蔼可亲，他女人的牙齿
闪闪发光，桌子上的水果点心，像消遣物

我非常快乐，与花园洽谈
这是正午，这不是浪漫，我叔叔
搂着他的情妇，她惺惺作态，她那么矫情
你说？你说？你说呀？
我就不说——不说——不说

过去的、未来的
从我们唯一的事物中
变成一个开始
因此我将面壁，因此我将厌倦
西沉的落日：皮肤、头发
和香奈儿的气味；因此我将忘记
马夫从农场回来，春在秋千上
风把绳子摇起，压弯灌木
风膨胀着，每一朵花黯然失色

蝈蝈哇，娃娃鱼哇，奶孩子哇
拜托，别让我的意念全身长了毛
变成它的"是"与"非"

◎ 不如说大阪的秩序

欧巴桑点燃一支烟，他会
把整个世界都抽进我的肺
哪怕在黑暗里要啜饮，一次
起皱的苦难和加了胭脂的动荡

那大概是 2009 年？

欧巴桑打掉自己一颗牙。"哈"
他叫了声，耳朵长满荆棘
在太阳升起的地方，光被升华了
虚无里的回响，轻过空气

那大概是人性被嘲弄的一幕？

啊，不必静立不动，在睡眠里疾呼
皮肤松弛，假设需求不能填满
感官的想象，是"一种绝对"
晒出"一种绝对"，如时间的元素

那大概是不完美构成的苦涩？

在一片熙攘声中，嘴们
吧唧吧唧，吃生鱼片
吃出了口红、乳房、阴户
总是这样，持续于彼处，倒拨时钟

那大概是魅惑之夜在作梗？

呀，我从未察觉到我做了什么
在凉飕飕的榻榻米旁

深紫色的帷幔
深紫色的酒瓶
深紫色的玻璃，幻影、光影，爬进来
倘若我以尝试做哺乳动物的方式
来与他们和弦，总比在最初的无序中要好

那应该就是一种谛视吧！

张建新

张建新，安徽望江人。1973 年生，90 年代中期开始诗歌创作，作品见国内外各诗刊，入选《中国当代汉诗年鉴》《新中国 60 年文学大系》《中国诗歌精选》《新世纪诗典》《中国当代短诗三百首》《诗生活年选》《中国诗歌排行榜》等选本，著有诗集《生于虚构》《雨的安慰》，《赶路诗刊》编委，曾获"张坚诗歌奖"（2013）等。

◎　热　风

又是阳光丰沛的一日，蝉鸣合唱精致，
醒来，依次打开两扇门：房门和客厅之门。
由内而外的生活，省略了痴话、醉话、梦话，
旋梯的布景上人来人往，风很大，
不得不缚住身体，加大重力，以免
在奔跑中脱身而去，想起前日明珠广场，
一个年轻人被飞行的广告牌瞬间秒杀，心有余悸，
告诫自己，脚步放慢些，爱要持久些，在
终将到达的路途中还要吞下两个米饺、一个烧卖，
失眠是另外的事，在彻夜失眠中静听大鲸
于深海翻滚波涛，产下幼子，
湿漉漉的疼痛证明了存在，存在于
貌似新生的一日，这隐秘的联系会成为
一种悲观的勇气吗？白昼的剧场有宽大的包容性，
随意摆 pose，或者向虚无天空亮出手指的剪刀，
我更愿意撤离，顶着胃溃疡般灼热之风
为你们留下一帧帧鲜活的影像
——这形式主义的极致，可以帮助记忆
却无助于怀念，很多人爱上了它，
使自己免于遗忘，以为是对受难的赦免。

◎　风　声

在七楼，几乎每天，建筑物之间的喇叭口
都发出"呜呜"的声音，
是风的声音还是阻止之物的嘴巴
借风发出的声音？
我想真正的风在大旷野上，应该是无声的，
这来自沉默的巨大力量往往
悄无声息地卷走帐篷、牛羊、树木
和那些奇怪而顽固的无根之梦，

现在，这"呜呜"孩子般的哀号
却惹人怜悯，若是深夜，又会让人惊恐，
真正的风是无声的，天真的啼哭
被捏造出来，混淆视听，
没人会这么想，风是不可阻挡的，
于是休眠的人们苦炼定风丹，是的，
除了他们，什么都可以被风带走，
他们在孩子"呜呜"的啼哭里
埋下一副不锈钢深喉。

◎ 听　雨

洗好碗筷后，我穿过细雨
去看母亲，这两天
她肠胃不适，浑身乏力，
两天了，只吃了几口稀饭，
她说，人哪，到这个年纪
是该死的时候了。
我想安慰她，话到嘴边
又忍住，母亲今年 79 岁，
在她面前，我的安慰
多余且轻浮，我只需
听着就好，就如同静静听
外面的雨洒在新长的树叶上，
父亲独自远远坐着看电视，
我们说的话仿佛和他不相干，
他耳背，听不见母亲的轻叹，
他们吃了一辈子苦，
大半辈子都在争吵，
为此，从小我就对父亲
多有怨恨，对母亲多有不解，
现在我似乎明白了，他们
只不过习惯在一起听听
这人世间简单又粗暴的雨声。

334

◎ 孤独的人是可耻的

傍晚，女人们成群结队去广场跳舞
男人去赌博，或在酒席间谈论女人和权术
小偷在睡眠中储备勇气，准备下半夜敲开陌生的门
只有我无所事事，被他们扔给自己
扔在一棵桂花树下，桂花树是前世的好女人，
用月光的清香一遍遍安慰我，但我不能
久留于那里，有人会嘲笑我的孤独
那就继续游荡，模仿那些脚步匆匆的人
穿过一个个盲肠似的小巷
对于我，所有的灯光都是迷途，
如蛛网般木偶的丝线在生命里纵横交错
上帝是那只唯一的肥胖的蜘蛛吗？
寺庙的钟声拂起蝼蚁的尸体，再做一次
有肉无血的飞翔，梵音犹在，绝唱几何？
我知道自己的忧思之病，无福享受那
烹头之美，一卷漏雨的生活指南
恰似高超的调音师，下面，开始弹奏吧
无头的人，请相互赠送那幸福的透明子弹

徐春芳

徐春芳，曾用笔名芳菲，1976 年生于安徽望江。1998 年毕业于安徽师范大学中文系，在校期间曾担任第十三、十四任江南诗社社长。安徽省作家协会会员。诗集《雅歌》《颂歌》已由上海文艺出版社出版。曾获首届"安徽诗歌奖·最佳诗人奖"、"桃花潭杯·世界华语诗歌大奖"等一系列奖项。

◎ 一时会

那天，儿子在房间写作业
我们坐在客厅的红木沙发上闲聊着
你说，"我们生生世世都是夫妻
你是不是也这么想的？"

那个春天，我一心想看牡丹花
是父亲在小院里种下的宝
儿子问我，"为什么牡丹花白天开
晚上就收起来成了一个苞？"
我常常回家天已暮，上班又赶早
有一天站在花前，花已老
花瓣飘零一地，半朵残花犹浅笑
笑我错过花时，再难寻找

那年我十八岁，第一次出远门
我和父亲站在开往芜湖的轮船上
"明天你就是大学生了，一切要靠自己。"
其时夜深了，寒星在天上熠熠闪光
江水铿锵镗鞳，积蓄了奔腾的力量
仿佛我正在展开的人生画卷
有漩涡，有杨柳岸，有不可预知的航线

还记得，有一次在草地上散步
看到一窝蚂蚁，忍不住上前狠狠踩了几脚
我杀生了，会受怎样的果报？

在轮回里，我会不会失去人身
成为一条小花蛇，一只飞鸟
蛇被人剥皮，鸟被子弹咬
呵呵，怎么逃离世间的因缘和烦恼

◎ 不忍心

人间的悲苦迷糊了我的眼睛：
菜市场里，弥漫着血腥气息
大铁钩上挂着的白肉，被捆住翅膀哀啼的鸡鸭
像一个个犯人低着头挤在刑场

在砧板上啪啪乱跳的鱼儿
刮鱼后一堆零落的鳞片，还有滩滩污血
诉说着残忍、无奈和累累罪业

我在定中看见：在前世
我是进京赶考的书生，在寺院里住宿一晚
失手把在佛前偷灯油的一只长生鼠误伤
在今生，她成了我命定的新娘
这是我的相欠与情愿，生活在一起
秋风香，菊花黄，牵手看夕阳

我见过，紧紧抠进岩缝的松树
根张开遒劲利爪，生命力多么顽强
岁月的河流淌走了多少人的脸庞
只剩下冷月无声，披上颓圮的古墙

在乡下，我见过袒着大肚皮的屠夫拉着
一头毛发发亮的黑水牛走向屠宰场
它脚步蹒跚，四蹄发软
眼角沁出了泪珠，眼神静默而无望

这一刻，我成了菩萨
只想解开众生被缚住的手脚
还有在五欲里挣扎的烦恼啊
人生真不容易，命运太悲凉

一年年枯草"沙沙"摇摆在乱坟岗

——挽歌常常在路上飘荡

◎ 执子之手

你的沉默是一只等待的钟
我是钟上面的一片铁锈

我心上的一小片锈
名字中绝望或记忆
锈刮掉了还会添上
想忘掉的事情如青草年年生长

我来到记忆里
来到一个新鲜的伤口深处
往事开始分泌疼痛和血

我不想通过那个伤口

我已离开江南的草木。几个月来
合肥的冷雨把我淋得湿湿的
合肥的冷雨是摆在眼前的酒
在我嘴里缩写生活的苦涩

神山上,我们紧抱着
得到了春天,像正在风中颤动的藤
那里的松针、正午、阳光穿过树隙的光影
都已刻进我的皮肤里

你爱过吗?
你祈祷和呼吸过吗?
南方的天空成了一只空桶
你的眼睛是黑沉沉的夜晚

你的手拿走了里面宝石般的蓝星

我们何时能重逢？

钟在颤抖
在长久的沉默里它没有开口

把我的心里锁进你的时光里去
钟声弥漫的雨滴下
——我的湿疲倦而无法晾干

◎ 浮世绘

"在前世，"她说，"我肯定是你身边的丫鬟
手摇着轻罗小扇，在庭院里扑着流星和哀怨。"
她像一只温柔的小猫，蜷缩在你身边

"开悟之人，如贪恋花草，
贪恋名利，那他只是个俗汉。"
你牢记着师傅的话，在山上参禅

爱是幸福和烦恼之间的距离
有时一纳米，有时是十万八千里
很多人在测量过程中便停止了呼吸

人生常常用利爪把我们抓伤
用几行诗佐酒，用几滴泪浇花
姹紫嫣红的华年，终成逝水中的落蕊

六十年了，你已经把一切看淡
参透了婚姻，参透了生死
在冷雨里，微风吹动思念的旗帜

行路的人，撑着一把油纸伞
江山渐行渐远，多年后的青灯下
你平静的笑容，打开黄灿灿的经卷

"哦，朝我头顶走来那么多蔚蓝的星。"
你依然记得，她明月般圆满的乳房
曾刺瞎你的双眼，人容易盲目和惘然

张 尔

张尔，1976 年农历七月生于安徽东至。诗人，策划人，出版人。作品发表在诸多诗歌刊物及选本，并被译介为英语、法语及瑞典语等。曾受邀前往瑞典及法国参加国际诗歌节活动。著有诗集《乌有栈》《六户诗》（与人合著）。发起过"新诗实验课""飞地之声"等多项诗歌及跨界艺术活动。曾策划"词场–诗歌计划"中国当代艺术与诗歌第一回展（2011，深圳，华·美术馆）、聚会——刘锋个展（2014，深圳，罗湖美术馆）等。2012 年创办《飞地》丛刊，2015 年创办"飞地传媒"，专事文学与艺术出版和交流计划。

◎ 现　实

一日或永恒，镜头化出无数枚针孔
将世界汲入暗室监视的无垠。

岸边，鲟龙裸露着鳞片，缩紧
肉身，骨刺在餐盘中分离，又鸣奏。

财政猩红的曲线裹起绣球，抛挤媚眼。
一名小吏挥泪无产秤砣，在地下造句、生火。

诗，这雪后滑体的词语矿山，振臂一倾
手心沁出的汗渍慢慢冷藏社会余震的残温。

◎ 短　剧

篡夺，分野，口齿乱牵涉，
宠辱不惊，急行军，夜嵌坟。

社会温润耳喉，流言煞器，
鹦鹉长舌妇，榴梿滚瓜烂熟嗅丑闻。

波音747，降落伞暗渡蝙蝠，
机翼抻平农园劳役，土建席卷。

爪哇国无疆，地平线倒悬红日半轮，
一旦，血液渗湿隽脸，剑眉怒张。

风气自新世纪，课堂豢养碌碌，
机器仰俯消防铁臂，水自天上倾来。

◎ 短　剧

苹果螺接洽无端漩涡

短虾接兵觅偶的长虾，淋漓枯树下。
水草生藻，鱼生骨，他生气，玻璃生烂泥。
园外，几名老妪花枝跃跃抠土豪
便衣无睹，乘凉又乘机。

◎ 温差诗，债务节选

这也并非无章可循。木瓜混迹于鲜热奶液，
腾腾雾气，溶解欠缺的冰心，眉宇
展开一小弯半月弧，模样的确招人疼爱。

要绝处逢生，恶补修辞学与人道主义，
镜湖边快马吟风颂月，更要"嗳"，口授
飞檐踏壁的秘籍，从盗铃者耳中夺回受制的形体。

仰望首都，霜露滚白拱起的屋脊，炕下无煤火，
黑心棉放宽了公摊的大面积，政治唱高歌，
文化辅佐，通讯速递无声低碳的喘息。

秋后清查往来明细，仍有一笔烂账
横亘南北两地。他头戴鸭舌帽，扮红脸关公
夜夜笙歌，长髯上，日日沾满腐臭的香米粒。

梁　震

梁震，1976 年 8 月生于安徽芜湖，1990 年公开发表文学作品，有诗歌、随笔发表于《人民文学》《青年文学》《诗刊》《诗歌月刊》《诗选刊》《扬子江》《散文》等国内主要文学刊物；有作品入选《1998 中国新诗选》《2000 敦煌诗选》《2000—2002 中国诗选》《2005 中国诗歌年选》《2014 年中国诗歌选》《词语的盛宴》《中国散文诗年选》《风暴：中国网络诗歌年选》等 30 余种重要选本，曾获《人民文学》《青春诗歌》大赛诗歌奖，参加过 2004 安徽作协青创会。

◎ 陌生的水草

一起吃饭，一起看电视，一起漫不经心
换台，换电池，换垃圾袋
偶尔迟到的短信。打不通的电话

一起逛街，一起看电影，一起回家
或者各开各的车
有时候她先到。有时候他先到

一起走路，一起排队，一起旅行
三心二意的。漫不经心的。别有用心的
一个人洗两个人的衣服，一个人看两个人的书

各自的被窝筒，捂着一起的心事
最简单的词语穿行在青山街的四居室
因为不开火，家里没有油烟，也没有硝烟
但沉默也不见了。疯长的水草要在哪里生根

◎ 熟悉的影子

夏天使一切透明。但影子炽热起来
两个人共用一个影子
从城东，到城西，到青山街西区
因为总在想着那个人
他丢失了自己的影子，在太阳底下

沉默使一切沮丧。源于话语太多
明亮被按在里面，似阴雨天不能抬头
水龙头滴答。他固执地去翻一叠老报纸
连短信都删了，家中四壁清净
窗户成为他与外界的唯一联系，只能反复打开

346

他拿着一把扇子摇啊，摇啊
他的影子也在地上摇啊，摇啊
他坚持要把那影子摇走，或者等海枯石烂

◎ 空空的杯子

一夜之间，花园里所有的根都不见了
似那日一根根被抽走的肋骨。每一个深夜
慵懒都在四下蔓延。因为空空的房子
空空的车子，空空的被子，空空的杯子

青山街上空，云彩挨着云彩，不露声色
他端坐在窗前，举头看被剪刀剪过的天
那些病了的人啊，都在各自的阳台自我疗伤
颤动的喉音飘过，仿佛要低语或是奔跑

在看不见的光线中，空气挤压着空气
他漠视着一切，墙上的镜框，和框子里的人
小楷字一个接着一个地掉在地板上，湿润了
对面的楼层里有人疯狂地唱："但我的心每分每刻……"

他躲在那只空杯子里，等谁的兰花指撩动

◎ 温暖的被窝

"黎明即起，洒扫庭除，要内外整洁。"他只是念念
一天的时光，就在匆匆中流走，指间什么也没留下
别人家的庭院，自己的床，高处的蛛网，和旧的伤
那个时刻，他怀念自己的被窝筒，闭上眼睛就是天堂

"既昏便息，当关锁门户，必亲自检点。"他喃喃自语
把青山街关在门外，把夜幕关在门外，把自己人关在门外
从卧室到阳台是七步，从阳台到卧室是九步
连歌声都是湿漉漉的，仿佛刚从热水炉子里捞起来一样

347

在一张床上分开旅行，月光被窗棂分开两边
一半是火焰，一半是灰烬。落寞的尽头，飞雪连天
心事各自堆积，恨各自溶解，落下的毛发，各自扫除
有人只想从背后抱着她，像两根抛物线定格在老胶片上

他住在温暖的被窝筒里，要给安静的心一个澎湃的拥抱

李商雨

李商雨，生于 1977 年。大学时期开始习诗，毕业后在高校从事传媒教育工作。诗歌见于《诗刊》《天涯》《诗歌月刊》《人民文学》等刊物。除文学写作，其学术兴趣在于符号学、电影批评及诗歌批评。现居安徽芜湖。

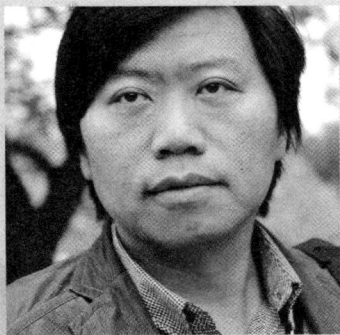

◎ 抄 星

——赠柏桦老师

星是，昂星。牵牛星。明星
长庚星。奔星，要是没有
那条尾巴，那就更有意思了
星河廓落得很啊，他在抄星

月儿呢？月儿正闲，有一个人
在马路上散步，他闲过月儿
他抄星，在南芜湖，冬夜迢递
路灯一会儿白，一会儿红

◎ 闲 愁

国人多闲愁，尤其在鞭炮声里
他已经愁得睡不着觉，只好喝酒
只好用鼻子拼命嗅时光的味道

闲愁里雨，飘满春宵玻璃窗外
这正是自我抒情的时刻：sorrow
他已经闲得活不下去了，怎么办哪？

小鱼尸体，一个叫小鱼的女生
离开了这个光阴若雨丝之地
而"苏联是手淫最盛行的国家"（纪德）

◎ 放大镜

暮春时，阳光有笔直的静气
把手伸出来，放大你的掌纹

谁能说出，你有着什么心情

寺院，薄雾，似乎还有沙沙声

沿途风景，河汉密布，前世
我们常常坐夜航船，星际穿行

至于流年的杏花，微雨里飘落
莺穿柳带，恰你的手送来春暖

曾几何时，你怀着求欢的心情
小窗外，空虚的长廊何其漫漫

◎ 灯火似老身

时光，是用来挥霍的，不是用来珍惜的
适应一下，就好了，人啊，就老了……

窗下坐饮酒，黄昏看街景，灯火如光阴？
谁说灯火不似老来身，风吹，呜呜咽咽

你太年轻，来不及恨，人到老了才知恨
白居易在说，谋欢身太晚，恨意老弥深

错了吗？不，只有心不甘，养生做什么
我在演春的园子里，种一棵冷冷的梨树

（注："我在演春的园子里，种一棵冷冷的梨树"出于柏桦诗
《演春与种梨》。）

陈忠村

陈忠村，1977 年 9 月出生于安徽萧县，同济大学美学博士、中国美术学院美术学博士后，中国诗歌学会会员、中国作家协会会员、中国美术家协会会员，安徽省诗歌学会副会长、安徽省美协和作协理事、安徽省青年美术家协会副主席、蚌埠市美术家协会和作家协会副主席、同济大学诗学研究中心副主任、安徽省文联国画创作院画家、安徽省文学院签约作家、上海工程技术大学现代艺术研究所所长。出版《原色：保罗·克利作品研究》、《克利谈艺录及克利诗歌选》（译）、《传混达魂：陈忠村艺术作品集》及诗集《城中村》和《短夜》等，诗歌入选教材《大学语文》。参加《诗刊》社第 27 届青春诗会并担任同济大学诗社第 21 任社长。

◎ 在城之一

享受灯光，是城市免费的礼物
椭圆形的刹车声抗议着横穿马路的人
烂尾楼是超大咀嚼过后吐在地上的口香糖
隆冬，城里的空调像我一样爱这个岗位
遇见我，你不必记住我的名字
泥瓦匠　装卸工和环卫者都是我的曾用名
我在自己的天地里活着、伸着懒腰
不吸烟不喝酒，给你留下笑脸

冬天　棉袄是我的最好防线
其实　身上的汗还没有流尽
内衣被风吹干了五次，要感谢的
风呢！已经温暖到白发
这点光落在路灯上街就亮了
在城里　今日无大事
天气晴朗　温度零下 22℃

◎ 在城之二

光还藏在褐色的天空时
我开始融化这座城市
吸收它的热量与邂逅的梦
车辆是城市禁鸣的鸟队
在星星的路灯下有序低飞

我抵不住晨光的诱惑
没有太凹的路　也没有不灭的红灯
行走过后，我们还可以回头再叙
你与我擦肩而过的时候　路灯灭了

353　我知道：这些风吹过我很长时间

已经忘记它们童年的模样
在城里，发现你已经居住多年
上班打卡的声音驱散背后的阴影

◎ 在城之三

时间中有多种诱惑　只选择行走
收获的可能性对我越来越小
路边的高楼消解了梦的甜度
满天浮云　阳光被挤成一条缝隙

我是城市租来的劳动力　微笑送给您
机器的声音把工作服漂洗成欠条的白色
那只断了钨丝的灯泡　搭上后又发光
这个夏天很热　依然有风可以纳凉

我从数斑马线开始找理由热爱你
不离不弃　能否在路灯疲惫时我们谈谈
不想让你记住我的名与姓
我是有故乡的　暂寄在城郊区的郊区

我用心擦去鞋上的灰尘　早晨
是昨天下午的延续　依然裹着打卡的声音

◎ 在城之六

商场　高楼和人群是城的笔名
他的多少与我的富裕无关
工地附近是工棚与我
新建楼房的繁华才是我对城的认识

楼的影子中我的生活可以省略
仅是在抒写一个青年在场的行为
时间是最短的生命却满脸沧桑

354

我向城中晚归的人和早飞的鸟致敬

浇砼与日出搅在一起最有情调
玫瑰色的太阳掀开我想你的面纱
能够看见远处的风景　是你亲自布置
累了　在这里我努力把自己扶起
收工时　顺手带走一身阳光的温暖
城的影子中自己在慢慢享用

宇 轩

宇轩，1979 年 7 月出生，安徽合肥人。鲁迅文学院安徽作家班学员，中国文联第六届中青年文艺评论家高研班学员。获首届屈原诗歌奖（2013），著有诗集《与药书》等。

◎ 谷雨诗

因为苦难，天要下雨。
因为世上独独少了一人，瓦檐水，止于玄青。
因为桥头无船，岸失峰塔
鹳雀与白鹤并无闲心眺望江水东去。
因为儿女幼小清白
你需身背债务，心有退舍。——
在离家最近又仿佛最远的荒坡掩瓜点豆。
喂它情分与汗水
以时光的黄金看顾弱小风声。
以天幕为书，大地为景。告诉它
"树怕伤皮，人怕伤心。三月多雨如四月多疸"。
因为不死
你需在造句的痛觉神经里养肝，辟邪，往回走。
天下有一人知己可以不恨。

◎ 清明诗

靠在门后的扁担还在。
门环与铁锁还在。
窗户半掩，有时溜进来的是风雨阳光
有时是闪电和蝙蝠。
挂在墙上的镰刀还在
草帽还在，蓑衣还在。
盛放过玉米和田薯的竹篮再也不被提起。
梁上燕巢还在。
碗橱还在。抽屉里的短笛还在。
一首没有声音的乐曲弥久不散
像蜂针蜇入哑穴。
风尘仆仆的书籍还在。
曾经懒于抒情的竹林照顾通往小庙的石板路还在。
紫苜蓿在路旁开了多久

357

牛繁缕就有多久。
表叔般灰云还在。
黑雨伞还在。
笔墨纸砚还在——
天下有一人知己可以不恨。

◎ 梨树诗

你喊它梨树，它就开花。且白如往事。
它与万物共同谛听白天与黑夜的证词
但从不参与审判和拷问。
你喊它梨花，它又结果。且比你更早老去。
你要明白
世间种种心酸与困苦都是它的果实。
饱满，欲坠，向下。
也要如它懂得抱紧自身
以黄金岁月换兑闲情。听风，数雨。
坐观长坡此去三千里。
它从不惧怕死亡和笑柄。——
以独往的专注张扬传统的光辉与命运的法典。
它与你只有一次际遇。仿佛前世，又像来生。
美如唐宋明清般短暂。
不管你是商贾，信徒，流浪汉或窃贼
都会在你经过的路旁装点身世里的坦荡与秘密。
它比人群活得更为长久。比修辞更懂人心。
天下有一人知己可以不恨。

◎ 烟火诗

当你像麻栎一般深入生活
又像熟透的果子般砸向脚下这片土地。
记忆就会带领孩子们
坐在沙丘掰着手指头数蝴蝶。
你就懂得雨水浇灌芭蕉与石榴

是古意，也是愁绪和烟火。
何处传来鸽子般咕咕？
愉快在别处吗——
源于无法确定是白鸽还是灰鸽醒悟绿色的星期天
清风刚好可以推送傍晚一身酒气的人
顺着小路往回走。
这些年，你有许多不被语言观照的心思
如脚边车前草寂静又热烈。
这些年野蒺藜几乎被遗忘点燃
如同苍耳与白鹭忘记赞美天上的骏马和游鱼。
是哦，与其说苦难竖立了你的门楣
不如说愉悦是明天你将放飞的风筝。
你在今天系好绳子，削好了竹签。
天下有一人知己可以不恨。

杜绿绿

杜绿绿，原名杜凌云，1979 年 8 月出生于安徽合肥，2004 年末开始写诗。主要诗集有《近似》（2006）、《冒险岛》（2013）、《她没遇见棕色的马》（2014）、《我们来谈谈合适的火苗》（2015）。曾获珠江国际诗歌节青年诗人奖、十月诗歌奖等。现居广州。

360

◎ 犹如深海

吸住这对恋人的，是甜味，
潮水涌到他们胸口
仿佛浓稠的糖，在火苗里烧
变软，
为他们塑出精致、严密的外壳。

两个疑惑的人，
向海里游去。
他们不接吻，
但吃彼此唇上的颜色，
蜜一般，芬芳。

甜在水里荡开——
层层海浪掀起，
巨鲸也来到，
成为他们坐骑。

两个与海水逐渐合在一起的人，
端坐鲸背正中
向深海里去。

一片丛林，一片岩石
到处挂着
失去主人的话语。
——那些迟疑的过去，
从未成形的音节，
那些从舌头卷翘中抓取的声音。

他们的无声！
哦，此刻，
事实上他们也看不见对方。

361

他与她之间，隔了柔软、厚实的
海水，
无数的甜。

◎ 幽 灵

读完这些——
未能实现的事，
沉入河道
我们精力太充沛，
叙述文体微弱的变化中。
——谁会死在清澈水底？
从西南到东南的遥望，
高原夜雨，
我们凝听神秘人有效的词语。

活一天，
这一天便不得平静。
他来，他去
别人的广阔受其操控。
他像父亲一样严格，
给我们穿衣、戴腰带
该看的都让看了
那蒙羞的混乱在野地里操练。
我们制造了更多孩子——
被遗忘的，不合时宜的。

黏稠的语感
瓜分善用悼词的我们。
这种时候，合理使用控制权
高于幻境涌动。
"这是去外国殖民的方式，
说汉话的人将学会灵活的兽语
以及无效抵抗——"

362

我们要去的地方太远，
旧河道已经衰败。
流动的情绪，
活跃在他下降的声调里。

——那急速消失的河水，
灌进我们的衣领，
跌落下来，
汇成足够的船资——
我们欢呼，爬到他颤抖的
肩膀上。
我们吃他的舌头，他的权力
将他捏成一团，
投进河底。

先生，再见。

◎ 落　日

到我帐篷来，迷恋土地的人
停止在地图上摸索
死去的狗活不过来
我教你怎样生活。

看，环绕我们的这座废城
夺人心神，盛世之景犹在眼前。
这儿有过一棵大树为万人遮阴，
夏季初到此地，必将贪恋
己身与他人触碰。
去树下吧，我送你一段时光。

在树下久坐，
扩张我们的心
——填满蜜糖与谷物——东方式操作

土地属于足够强硬的人
但我这样软弱也应被尊重。

我想带你去废城中心。
手给我，
它粗糙不安，需要被光滑的水珠打磨。
我们去泉水中寻找硬币，
居民和宠物跑光了，金色沉入水底
失去围观者
我们还要钱干什么——
你喊出声来，你喘不上气了

——只剩下这些东西
房子学会了退化，泥土中犹疑的香气
塞进我们裂开的皮肤。
我可以种一棵树
在你胸口，
它失去绿色。

我们有的是被损坏的物质，
暴雨凝固成白雾
停留在城外的落日顶上，
"去我眼睛里取出长梯，
你醉得像失踪的本城居民"。

快抓住那些风——
你要独自走了吗？
傻瓜。

◎ 朋　友

重复的信息唤醒我。
——也曾是个午后，
难以揣摩的光线笼罩前山。

亲爱的朋友，你睡在岩土上
从我恳切的语调里滑落
这不难为情——
在泥浆里捞取信任
每日必做的讨论，
选取一个恰当瓷器
存放多余的疑虑。
美好，适度，
我小心清理缠绕的纹路。

光打在你衬衣上——
平静的乔木林
依附山体而生，
这片葱郁之景
我还未找到方式向你提起。

怎样在一个线索里叙述
即将发生的事。
我的朋友，要重视失常行为
尤其在夏季初始，
道路升腾，白夜来临
我禁食、失眠，
运用克制的才能需谨慎
日常规律体现着残忍——

这虽是浪荡的时代，
我们都发现了优点。
我刚从你那儿得到建议
难以否认——
在闯入者环绕的局面下
保持礼让，将是叙事发展的必要。
五月开始，
我被不断打开，肋骨凸起
敲打下陷处有连绵回声——

那不断扬起的呼唤
让我感到吃力，
你想跳舞么，朋友——
为什么你在打拍子，
而我已经伸出了手。

——你送我只言片语
修补虚幻的骨架。
我在消瘦，朋友呀
只有山头的风声跟随我。

水从眼里流出来，早晨喝下去的
一日也不需要。
我还能说什么呢？
未完成的任务是
——修葺一所失去坐标的房子。
它位于山顶某处，
我正向那里去。
沿途风光枯燥，不值一提
我愿对你描述的
唯有出发前仓促的准备。

这一天安宁。
我带上了斧头，
找到房子前，我要砍下一棵松树
——它属于你。

我很伤心，亲爱的朋友
我也属于你。

卷·五

一　度

一度，1980 年 6 月 13 日出生于安徽桐城，安徽省作家协会会员，鲁迅文学院安徽中青年作家班学员。作品散见于《诗刊》《安徽文学》《星星》《诗歌月刊》《诗选刊》《文学港》《诗潮》《芳草》《青海湖》《黄河文学》《散文诗》《诗林》等刊物。作品入选大学人文素质课教材《新诗导读 200 首》。出版诗集三部。

◎ 窗外集

窗外有初夏的喉咙、萤火虫的
灯盏、阴暗者的栈道
有悬壶的医者、占卜的卦师
柳条上摇摆的鸟雀

窗外有母亲堆了一半的柴火垛
有燃烧殆尽的牛粪
有我幼时的哭腔，藏身草丛
有雨后的芭蕉，含在口里的桑葚

窗外有紧闭的门扉，姐姐们出门
回家的小径，杨树上
指尖上的月光。有远游的人
指认村口的老槐树

窗外有聆听之耳朵，有废柴之
倾覆，有思考的芦苇
和云端的孤寂。有好静之人
凿桦树之琴弦，奏无名之悲歌

◎ 母亲集

她总是听见夜晚凿墙之声
像刻碑师，凿开她颅内
的一面墙。她的偏头疼再也
装不下太多的往事了

被摁倒的猛虎，一旦冲出
笼外，溃败自是
从内到外。她的偏头疼
养活了猛虎，却养不活

榻上的病骨

曾经，她也是易发怒的猛虎
如今是躺倒的病虎
她曾踩在脚下的铁塔
仍然挺直。她曾跨越的山川
仍旧青葱

她还是我的猛虎，还敲打着
我内心的戒律
还是在一日三餐里，让我交还
昨日的脸

◎ 春暖集

我曾爬到高高的铁塔上
向下张望
然后是持久的失望：
一个忧伤的人眼里，空空如也

谁欠我一株春天的木棉
一粮仓的月光
我还在等待：曾落魄的少年
牧羊的少年
在桑葚里渐渐融化的少年

如何才能煮熟我眼里的落日
那些爱怀疑的鸟
如何度过这焦虑的一年
我被这些无常的疑问深深折磨

直到我遇见垂柳的从容
我也变得从容。河水的庇护下
它是我鼻尖微微的荡漾

370

◎ 致自己

河流边，遇见昨天的自己：
对鱼篓保持戒心
对寺院里叩头的塑像
心存不善

钟塔之于群山，是叠加之后
的空泛。中年的凶险
似猛虎出笼，"昨天，雨后
一棵树枝垂在了湖面"

我垂于她的词。这么多年
墙角的一颗钉子
始终和垂死的壁虎对峙
"如果死亡，能够养育
母亲的病骨，我随时愿意"

我终于垂下厌世者的铁塔
而我手心里的重物
也在卸除。"正如一切酣睡的人
在指尖慢慢苏醒"

夏 午

夏午，文学硕士，1980 年 12 月生于安徽，居于上海。作品散见于《人民文学》《十月》《天涯》《诗刊》《诗歌月刊》等期刊及《2015 年中国诗歌精选》《2013—2014 中国新诗年鉴》《这才是中国最好的语文书·诗歌分册》等各类诗歌选本。曾获《诗歌月刊》"探索诗"一等奖（2003 年）、"中国 80 后 10 大新锐诗人"（2011 年）、首届安徽诗歌奖"新锐诗人奖"（2015 年）、第二届"人民文学诗歌奖·年度新锐奖"（2016 年）等荣誉。

◎ 孤独如明月在你眼里打转……

坐公交车回到屋里的人
有一颗缓慢的心。她老了——
该拥有的已经拥有。没有的
便是上帝和天使的。
街道、书店、广场和咖啡馆
散发着告别时，玫瑰正在腐烂的香气。
月亮出来了——
"孤独如明月在你眼里打转，就要滴出来……"
这是蜜月最后一天。她低下头
身体里，玫瑰已经腐烂。

◎ 孤独书

我喜欢你是蓝色的。
假如你有颜色。假如我能一点一点与你融为一体。
我喜欢你是空的。
睡在风里，旁若无人，也无自己。
我喜欢你沿着黄昏的小路，静静地走来。
兰草垂眸，滴下芬芳。你抬头，注视单薄的月亮。
我喜欢，你忽远忽近，忽而摇动树叶，
令人摸不着方向，风停在哪一片花瓣上。
我喜欢你如细幽静电，低伏于虫鸣花香；
在时光黑下来的时候。
我喜欢你，轻轻地啃啮我细白的骨头；
在时光，突然黑下来的时候。

◎ 献出声音的人

他试图从她的声音中
得到她——"你好。"
他从车上走下来，给她

打电话："我爱这声音。"
"我爱，声音中呼吸的声音。
它让我有时候不能呼吸……"
黑暗中，她脱下外套和鞋子
走进雨中。黑暗中
声音穿过电线和女贞：
"唯有看不见
摸不着的东西，能让我疼痛。"
她很久不哭了。
她很久不知道什么样的痛，
会让她哭。
她总是笑着对待自己
像对待一个陌生人；
像对待他：温良、谦恭
——"但就是没有心"。
她献出声音，为了寻找
一个从不说话的人。
为了，好好地藏匿他。

◎ 春天里

雨下了一遍又一遍，我也厌倦了
描述，这因浸泡而绿得发亮的世界：
人和人是不一样的，但动物园都一样。
你们想换个活法。正如我，想换一种说法：
我承认，我与人世湿疹有脱不掉的干系。
雨水是单纯的，我却想把它搅和成祸水。
我坦白，我私藏了一个小宇宙。宇宙里
住着小小的他。他爱驾飞船，忽上忽下。
我交代，我爱他，如孤单飞禽爱凶猛走兽。
我曾赠他未丰羽翼，他曾领我闯入安哥拉。
我确信，如果你们是人，我就是一株植物。
你们善于从修剪中得到隐喻的快乐，我则习惯
处变不惊。天要下雨，你们要去动物园。

374

爱干么干么，只是别管我，要开什么花。

◎ 我不会再小下去

我不会再小下去。不会为了
二十多年前的事情而难过。父亲
患了肝炎，母亲有了弟弟，我瘦小
"用针都挑不出肉呢"。在月形山
怎么都没法理解胖嘟嘟的事物。比如
为什么别人都有一双父母，而我
只有一只刚出生的小乌龟。为什么
我垂下万千绿丝绦，你还是宁愿
在石头缝隙里呼吸，却不容许我
想要收纳你的欲望。实际上
我只是想收纳自己，把我未曾
拥有就失去的，统统都给你
"让我做你的妈妈，让我爱你。"
"让我做你的妹妹，让我爱你。"
"让我做你的女儿，让我爱你。"
"让我做你，让我爱你，让我爱你。"
让我做什么都可以，只要你在身旁
那些无数次被炉火烤干的秘密都证明
我不小了，且不会再小下去。不信
问问快八十岁的外婆。那年雪大风疾
狼群深不可测，我还未满六岁，穿过丛林
到后山喊她回家扑灭被炉火烤燃的棉鞋
多么多么悲壮。你说多么多么呆傻，水
会熄灭火，而水就在小火炉旁。哦，什么勇气
和意志根本不值一提。要动脑，要想一想
熄灭火焰的为什么不是外婆，把我童年
遗弃的为什么不是群山和身陷群山
深处的狼群。那时我六岁，已经不小了
会跪在灶台后生火；会坐在门槛儿上咬指甲
会躲在被窝里做梦，离去的小乌龟，又回来了

我走它爬，互成影像；还会躺在床上假装病得
骨头都轻起来，等待一个叫爸爸的人，背我去
外面的世界吃药打针吐苦水。啊，外面的世界是多么
多么美好啊。床单像雪一样白，医生像雪一样白
阳光像雪一样白。还有，那时还年轻的你
你的牙齿也像雪一样白。水可以灭火，我明白
道理远不止这些。比如阳光可以融化冰雪
当药水被倒进肠胃，当针管刺入皮肉又被拔出
当苦水吐尽——床单会融化，医生会融化，甚至阳光
也会融化，你的白牙齿连同你的身体当然
也会融化。所有的事物都有自己的位置。我也
不例外。要回到六岁的月形山，看月亮不紧不慢
从它身后探出可疑的脸面，看月形山本来的面目
它既没有圆月的圆，也没有弯月的弯
就像你和我，没有多少共同点，却难逃
被你命名的宿命。这样的情节多了，便失去
继续描述的趣味与必要。你想要问的
我也都清楚，小乌龟到底有没有回来
被水熄灭的炉火有没有变成纯青色
被阳光融化的物景有没有一一恢复原形
还有，还有，六岁之后，我到底是几岁
哦，时间过去了这么多年，不要再追问
已经过去的事物。看看现在，我都这么大了
且不会再小下去，且拥有很多语焉不详的经验
且明白更多深不可测的道理。不会因为
乌龟离去冰雪融化而难过；不会因为
二十多年前，你一而再、再而三地缺席
而责怪自己
怎么长，都长不到你膝盖上的小

吴 橘

吴橘，1981 年出生，安徽桐城人，现居安庆。著有《余怒吴橘诗合集》。

◎ 浮　力

她和我们玩
"来，抓住我"的游戏。
她在中间，懒洋洋的哺乳动物。
为了抓住她，我们借助浮力，
随着她忽左忽右。
身有微汗的女孩和
消瘦的我。江面和铁链子桥。

"来，抓住我。"
王木木，游戏的主角，
或者是另一个懒洋洋的女孩？
多年以后，有些记忆沉到水底去了，
铁链子桥的摇晃声嘎吱嘎吱。
当每个人都筋疲力尽的时候，
江水直立起来。王木木跑到桥头。

◎ 少　女

十一二岁时我爱收集有我气味的玩意儿
主要就是些纸片啦彩色纽扣啦
乱糟糟地堆满一个地方堆满了就行
十三四岁时我读了几本书
明白少女和女孩的不同在于
有些东西应该装起来当作秘密
而不是继续堆着去忘掉它们
十五六岁时我不满足于此
几个装东西的大抽屉并不能把
我这个少女和其他少女的不同表现出来
往抽屉上贴奇怪的书名也不能
十七八岁时我从抽屉里
拿出一部分自己的东西再放一些别人的

378

几个少女的气味混合着
仿佛都是我的

◎ 决定论

夏春花怕玻璃
张尔怕老鼠
我怕桥
王木木没表现出怕过什么
她是位工程师
持功能决定论和进化决定论：
害怕，这情绪，没用的
对画图没用，对活着没用

对写诗呢？
第一次站在桥边尖叫
我还是个小女孩
二十多年里
我常常回想那情景
却说不出来
我读到几个诗人的语句
像又回到桥边
我写类似的句子描述我的尖叫

夏春花和张尔他们在
王木木认为有利于决定论的情绪中
仍然写着一些让人打战的诗

◎ 看一幅画里的女孩

一部分人最先看见她的绿褂子
它的丝绵质地更接近宁静
她用手捏它，捏出的褶皱被鱼游过一般
手的不安感由上至下慢慢消散

褶皱却一直往下
一部分人最先看见她的黑裙子
和绿色相比，黑色的寓意难以捉摸
——若是宁静，往下画的褶皱该乱且直
若是反宁静，褶皱应自然而然——
裙子只画了一半，褶皱戛然而止
一部分人最先看见她的表情
她站在树底，树叶数量巨多，她的表情
孤零零的更接近翠绿。这一部分人同时看见树
树太大，似在生长，如果先看见它
画面的其他内容会被树叶的各种绿色遮住
除了背景。一部分人最先看见背景
没有人怀疑它的完整性，整个的绿，整个的黑
整个的褶皱，整个的宁静（反宁静），都在其中

陈巨飞

陈巨飞，1982 年生于安徽六安。曾在鲁迅文学院、安徽文学院学习。河畔诗社创始人、首任社长，出版诗集《时光书》《少年史》，现为安徽文学院签约作家。

◎ 湖　水

湖水涨了，春天一天天地丰盈。
我惊诧于岸边的槐树，
一天天地倾向于塌陷。
父亲的头上开满了梨花，
他梦见年少时遇见的大鱼，
到湖里找他了。
母亲一宿没睡，她喃喃自语：
"我这命啊，竟抵不过陪嫁的手镯。"
他们划着暮年的船，
沿青草深处，寻找烟波浩渺的旧天堂。

木桨哗哗，拨动湖水；
春风无言，吹拂往事。

◎ 父　亲

父亲来了，
骑着一匹忏悔的老马。
他来向我告别，
说早年掉落的门牙在菜地里找到了。

我坐在黄昏的山坡上，
看父亲越走越远。
这段时光多么美好，
一片油菜花包围着他，
他也变成其中的一朵，
开得灿烂。

他的黑马逐渐变成黄马。
在变色的过程中，
他治好了脑梗死和癫痫病。

◎ 湡河志

我的母亲曾兴修过革命的水利，那是
我没有来到世界时的事。
"苦啊，一天只能吃八两饭。"
对此我一无所知。
我曾发誓要走得更远，比如：
到远方去。
到银河去。
到宇宙的未知里去。
可我从未走远。每当月明星稀，
我都会听见，
湡河若有若无的流动声。
人是会死的，河会不会死？
我的母亲甚至不知道她修的河的准确姓名，
我知道它叫作湡河，
却从没有和它肌肤相亲。
它在我的血液里会不会死？
抑或它从未活过？
母亲很少感慨生死，尽管她已经到了
岌岌可危的年纪。
我不敢想象一条河在梦中站立了起来，
幽暗的河水，
会变成白色的瀑布。
我更不曾想过，一个人静静地躺下来了，
变成一条无声的河流。

◎ 鬼

父亲遇见过鬼，这是他亲口告诉我的。
那是他年轻时，看见白色的鬼魂，
在竹林里飞来飞去。
父亲说，鬼这东西，不能不信，但也不能全信。

作为一个中庸的人，
父亲平淡地面对若有若无的鬼事。
父亲还讲过，赤脚医生张佑林活着的时候，
一个鬼在河边等他。
那是个女鬼，要医生背她过河。
张佑林把她背到对岸，
回家后就大病一场，死的时候眼睛睁得很大。
父亲感叹说，张佑林没有背鬼过河，
是鬼帮助了张佑林，渡过了一条大河。

◎ 喊　山

清明回乡，未通知老家的母亲
待到家时，看见一副锁挂在门上
田野还是那么安静
我估计母亲是在后冲摘茶
于是我站在稻场边，双手围住嘴巴
对着后冲使劲喊了一声"妈——"
我几乎用尽了所有的力气
我怀疑后冲的每棵茶树都听得清清楚楚
几只白鹭也被惊起，它们在山间盘旋
是不是在帮我寻找母亲？
整个山谷回荡着我呼唤母亲的声音
我的声音从山坡上滚落
经岩石的碰撞、山涧的洗涤
已然变成了一棵竹笋呼唤泥土的声音
一滴露珠呼唤生命的声音
一朵生活在别处的白云呼唤炊烟的声音
一个不再提起的鬼故事
呼唤传说的声音
仿佛山谷里的一切，都在呼唤自己的母亲
我们这群找不到母亲的孩子
都在浩大的春天里惶恐不安

李成恩

李成恩，1983 年 1 月出生于安徽汴河。80 后作家、纪录片导演。现居北京。著有诗集《汴河，汴河》《春风中有良知》《池塘》《高楼镇》《狐狸偷意象》《酥油灯》等以及随笔集《文明的孩子》《写作是我灵魂的照相馆》等 10 多部，另有《李成恩文集》（多媒体 12 卷）出版。

◎ 绝 句

我一打盹，秋就没了
好像我把秋遗忘
其实我心怀艾草，眼里的红叶还在燃烧

我只身来到薄暮
一瞬间我的头颅与山丘一起溶入了
悲喜交集的残阳

◎ 汴河，鱼

汴河，洗尽少年欢乐
所以我清澈见底，在异乡从不带悲伤
随遇而安

汴河，少年捉鱼
全是瘦瘦的小鱼，像古诗词一样柔弱
我只是捉在手里

汴河，你的鱼
太小，又活蹦乱跳，我的少年也是
太小，柔弱无骨

汴河，水流十八年来从不改变
我的口音早就改了，自己都不知道
汴河话里的鱼是否还像少年一样活蹦乱跳

汴河，小鱼跃出水面
在十五年后的梦里翻滚，都是瘦瘦的游子
所以你们看到的女诗人都是波光闪闪

◎ 瑜 伽

冥想的力量驱赶了身体的黑暗
我学习一只幼鹅。她进入我体内是前年的事
她的柔软，她的弯曲
一直贴着我的身体，好像要把我从骨头里抽出来

我害怕我会折断，其实我已经获得了幼鹅的灵性
在我生活的光圈里，我摇晃着步子
踮起脚尖，拿头撞击冥想的水面
我想我会掉进湖里，我确实掉进去了
但我没有淹死，我获得了幼鹅的解救

她弯曲的脖子救了我，救我于焦虑的生活
就这样弯曲，就这样持久地置于宁静的湖面

我发现幼鹅扇动想象的翅膀，而我的想象也跟着
一张一合，今年我得了冥想症
我得了幼鹅病

在清晨幼鹅的第一次晨练中，我拍动水波
推开柳树与石桥。我快速整理我的羽毛
把头插入清凉的湖水，我看见整个世界都弯曲了

◎ 春风中有良知

春风中有良知，翻起层层细浪
我看见池塘深处多年前的淤泥，像一个人的内心
羞愧得如此清澈

春风中有良知，翻起枯枝败叶
我看见树木的脸上下翻飞，像一个人的内心
心绞痛绞杀了他的羞愧

春风中有良知，翻起故乡的炊烟
我看见人类的故乡死而复活，像一个人的内心
堆集在小小的黄土坟上

春风中有良知，翻起历史的旧账
我看见马匹掀翻了强盗，像一个人的内心
燃起细浪、炊烟与枯枝败叶

◎ 虚无传

我到过虚无的家里
虚无的家呀又大又明亮

绿色植物吐着肥硕的嘴唇
这是早熟的特征，我不便指出
其中暗藏的危险，我到虚无家里
做客，我喝下虚无大妈倒的热茶
我与她聊天，虚无大妈对我心存疑虑
这个年纪的姑娘，与我谈人生尚可
但谈尼采就为时过早了吧

我侧耳倾听
虚无大妈阅读量真大
天文地理，马恩列斯毛
大妈都有涉猎，她体态稳重
不像一个虚无的人
她目光温和，仿佛能看见她的内心
她手指洁净，牙齿光滑
虚无大妈虽然老了，但身上的气息
一点都不显老，甚至有年轻女人
甜甜的，盛在盘子里的水果的气息

这完全是区别于夸夸其谈的气息
她是有教养的虚无大妈

她养育了两个虚无的儿子
她是虚无的好妈妈
她是虚无的统治者
与我谈了一下午
直到她虚无的儿子进门
虚无大妈还握着我的手
就像我的亲妈，她老人家温暖的话语
差点让我热泪盈眶

我试着从虚无大妈手里抽回我的手
我发现我根本不是虚无大妈的对手
她握得太紧了，就像握着天使的手
她舍不得放手啊，虚无大妈
她老人家至少六十好几了，但心地善良
脸上皱纹少之又少，笑起来像一个孩子

我的手开始麻木了，我的脑子也隐隐作痛
但虚无大妈还没有停止的意思，她的嘴还在动
我眼冒金星，慢慢地我出现了幻觉
我要崩溃了，我要呕吐了
我挪动椅子，努力稳住摇晃的身体
虚无大妈家的光线渐渐暗了下来
我看见她两个虚无的儿子在客厅里走来走去
像两个虚无的凶手，突然站到了她的身后
我大叫一声，虚无大妈轰然倒下了

缎轻轻

缎轻轻，原名王风，1983 年 5 月生于皖南，现居上海。作品散见于《诗歌月刊》《诗刊》等刊物，著有诗集《一人分饰两角》。

◎ 火车上发现女性美

掠过空鸟巢，茅草，视线忽略了
我和她们被装置的母爱。手脚膨胀，月经腥美
至于还在往前跑的，火车里粉红椅套，对面的女人
斜对面的女人，怔着卧着。湖水又冷又清
几十年还在跑；刚才面包屑
撒到铁轨外。钻来一大棵树，一堆人
有的是妈妈，有的是妹妹，有的是
加速的鸟。嘴皮鲜嫩
鸟巢上，牙缝里，渗出蛋黄。

◎ 良　宵

那晚，月色很好。我坐在你身边，一层层扯去绷带
看看伤口：这不是行骗女郎
不是我杨梅败血的瞳孔
不是我蠢蠢欲动的脚跟

随后，你剥开了我，看到一粒杨梅无籽无核
黑肤平滑，请您入梅膏、入梅肉、入梅汤。

◎ 如　今

从一个燃烧的清晨，燃烧的床
我拾他的灰烬
将猫和狗安顿在窝
安然走下楼梯

围绕街道我和他的残骸开始慢跑
讨论工作和未定的婚事
到了中午
失去面目的人们加入了我们

391

喘着气，加快速度

橘黄色的大钟在头顶敲响
我停下来
他更消减了些
（此时灰烬像雾一样升腾而起）
人们的膝盖正弯曲着

我知道他的瘦是因为没有给我更多的蔷薇
如今，黄昏的光束洒落头顶
我们这群人呆立着，有时也抬头仰望

◎ 你为我做了什么，我都清楚

站在阔叶林中的罪人
请求我的饶恕
我吻他唇边、冷风中的菠萝
请求一张远去的船票

有时候，从阔叶林到荒岛
我想和陌生人漂流到岛上
彼此冷眼观望，却永远相守
从早到晚，对一棵菠萝树
吹着口哨

从荒岛到清晨的具体某条马路
等待一辆粉红色公车
空荡荡的座椅，座椅上画着紧张的猴面
我没能理解这画儿
没能理解

尽管这一切在微妙地照顾一个年轻女性
的心理、生理
但这是被篡改后的

◎ 休闲时光

走路，走路，长出溃疡，我的鸽子小头
……解放于妙龄少女，梦见自己出生、喊母亲名字、生病、
衰老，哦，砸碎衰老的镜子，镶着淡紫色花边
治疗，用一把西芹
膨大，一张叨唠的嘴
……为什么不走路？在长江边走路，摇摆，晃荡
听诗，或者爬动

许多余

许多余，1983 年生于金寨县，作家，诗人，策展人。作品散见于《北京文学》《天涯》《延河》《诗歌月刊》等杂志。著有《远方》《为幸福的影子而奔走》《最后的盛典》《笔尖的舞蹈》《自由简史》《状态主义》《高级动物》等。曾入围"2010 中国 80 后作家财富榜""2011 中国作家精神富豪榜"等。有作品入选"新浪中国好书榜"十大好书，当当网、卓越网畅销书榜。先后接受湖南卫视《越策越开心》、北京卫视《名人堂》、安徽经视《第一时间》等专访。许多余画廊书店、卡夫卡独立书店创办人，纸的时代书店顾问。

◎ 搜神记

这无限诡秘的有限世界
冷峻的山峰被溪水缠绕
秋风清凉　叫不醒山脚啃青草的牛羊

那是谁家的孩子
命运将他们放在山坡上
自由生长、交配
繁衍下一世苍凉

◎ 迟桂花

香樟大道陷入对大蜀山的形而上学思考
从蜀山名筑里走出来的少妇多么高贵
那晚我在鹅卵石上跑步
吓坏了一个小女孩
黄山路车水马龙彻夜不眠
绿城桂花园外左右里的女老板很可爱
这个文艺女青年　喜欢摄影　中南海
每次路过　我都想进去
坐坐　喝她的茶　顺便买点工艺品
桂花一直开
一直开
一直开到我想采

◎ 飘

一位少女经过了我……
我经过了味觉

死亡，遥远的气息，使诗歌复苏

拾荒者打量着世界
一只手哆嗦着
在垃圾桶里搅动
他的希望，多像父母这些年
对我的希望
那么轻
那么神圣

世态：炎凉，反复，无常……
人们风一般飘来飘去
那么轻
那么微不足道

一个个生命就这样无声无息地消逝了

他们诗意地栖居
紧挨着死亡的气息
那么美
那么凉……

◎ 适度单纯

两位老人在墙角交谈
"我们都是要死的人了。"
冬日的阳光把他们的旧棉袄
晒得和头发一样白
"……就要被农具和书籍抛弃了。"
他们各自呼唤着自己的孙子
小姑娘在草垛边蹲下解手
夕阳映照在她高高翘起的小小的屁股上
村庄散发着稻谷和黄金的幽香
小男孩稚气的脸上有刀刻的痕迹

396

◎ 秋 日

小叶蒿排着整齐的长队
爬到山顶赴死
它们挺拔的头颅　无限靠近日月
星光。风割去皱纹
容颜枯焦，如碳
满地都是骄傲的骨头

"你满载果实，又深染着葡萄的血。"
我珍藏着艾叶的苦，在花朵里安息

"等大气的精灵都住在果实的
香味上，欢乐就轻轻展开翅膀。"
祖先们坐在蛇背上飞来飞去

栗树下，几颗被遗忘的板栗
正召唤着，橙黄的落叶和带刺的壳
秋风轻咳了几声……
还没到怒吼的时候

破小坡

破小坡，原名章平，1985 年出生于安徽枞阳，工学硕士。有诗刊于《大象诗志》《桐城文学》《新诗》《群岛》等。

◎ 我在桥下等待你

龙眠河被梳理过了，夜晚的灯火璀璨夺目
只有你孤零零地立在远处看风景。我必须绕过
烂尾楼、垃圾场，穿过马路、广场和一段木制阶梯
才能来到桥下，在秋天的腹地等待你

我是你用心阅读过的一本旧书，是你缺席
多年的王子和黑马，也是你用词语生活过的
夜晚。命理上的十一月就要到了，可
你不来，我也黑暗

迎面而来的风，是你生长出来的呼吸
在我的身体里全化开了。哦，亲爱的
别怪我，我没有用词语修饰你，没有用
鲜花迎接你，我知道相通大于表达

◎ 老街印象

倪府的丫鬟好看，钱庄的伙计
精干。更夫巡过三甲，小姐打开
天窗。戴兄多年不出远门，听闻
《桐乡书院四议》被奉崇。夕阳都偏心
多次把雪落到河心。运粮的船舶，贩卖
绸缎的商贾，急匆匆往回赶。四兄弟饭庄
邀我于阁楼之上，斟茶，尝米饺，喝
神仙鱼汤。哎呀，街道已空无一人
老街已拒我于繁华

◎ 投子山上

再次深入时，落叶早已夹道欢迎
山里的寂静是每次遇到心爱人的动心

而一山的树高不过一只飞鸟，一只飞鸟的
鸣叫逃不出一双会摄影的眼睛。那时夕阳渲染
少女尖叫，像我们初到尘世的惊喜

警世的钟声，繁华落幕的木鱼声，还有
那让人想恋爱的风，在山中婆娑。即使
炊烟催赶，即使夜幕深入内心，我们
还是想不起临行前忘记关上的灯
我们还要摸黑走上几十分钟

◎ 牯牛背水库的黄昏

深行在夕阳铺就的土路上，秋风里
忍了多日的稻穗终于笑出声来。荞麦花
出落得过分美丽，把几颗干涩的心困在秋天
芒花过于丰腴，落日不是有意燃烧了它

十六点三十分，牯牛背水库远远漂来
这个美丽的小小新娘，我辜负得太久
十七点十分，每双眼睛里都长着一对翅膀
薄如纸飞机。只是桃花早已不在，湖水不忍心
再打碎残阳。搁浅的渔船，是而立之年的情感

这相似的一幕，我止不住咳嗽
千万只麻雀在电线上轮番叽叽喳喳
这个写诗的好年纪，一地忧伤便是一地金黄

◎ 迷失的森林

在迷失的森林里，我终究会成为植物的晚餐
我放弃了越来越多的爱，比如蘑菇站在腐木的肩上
野花在荆棘中打开自己，果实先于树死亡
我对天发誓，它们都是真诚的

400

它们敢于交心，敢于坦白美丽的丑陋
露珠不用它的晶莹咬住你的眼睛，松果也从不用它的叹息
迷住你的耳朵，甚至一只乌鸦从瓶中取食也同样动人
在玉兰花白皙皮肤的映照下，我所有的陈述
成了另一个谎言的入口

憩 园

憩园，本名宋家彬。1985 年出生，安徽怀远人。现居深圳，供职于《飞地》杂志社。

◎ 乐此不疲

我喝醉，常常不知为什么。
现在一喝醉，我就习惯用软笔写下一行字：
密封的高压锅也存在诗意。

这是扯淡，什么高压锅，什么
诗意？不过，我对高压锅感兴趣，这是真的。
我羡慕高压锅。它什么东西都可以煮烂。

远不止于此。
我写一首高压锅的诗，思考接下来的日子
该怎么样过下去。

每当如此，周围的空间被放大很多倍
我意识到我是诗人，不是高压锅。我感到
压力来自于外界。

◎ 在两个词语之间

小事越多，写诗欲
更强。午睡梦见鸟
睁开眼听见。鸟叫在周围
不在某一个确定的地方。
拉一只鸟进来，此刻
是必要的。这和从笼子里放出
一只无声鹦鹉是一个原理。

基于某一个习性。
诗是我的鸟。你可以理解成
鸟笼和写作状态下的
房间以及内部结构。纳入其中。

403

谈到写作就要谈余怒。
他现在小城安庆，刨桌子似的刨
一首小诗；他让小变得更小，直至
IMAX 一样被凸现出来。
我在深圳，概念上
我们是一致的。实际上又有所不同。

刨的动作、轻重、材质都有差异
他可能躺在那里刨。我可能吊在半空中抓。
像此时此刻我认为叙述中应该再多一只
鸵鸟，可直觉上这更像失去理智的鲸鱼
在油面的海洋里广阔地浮漂着。我喜欢
"广阔"这个词胜过"无垠"。

◎ 有点不知所措

既然我们在一起过，好好过。
不管怎么说，不好好过是不对的，
不好好过而又死缠烂打直到你也筋疲力尽就有意思得多了。

我们来到公园，前一秒还那么忘乎所以地接吻，下一秒
便开始了同样忘乎所以的近身肉搏，
像小夫妻，那么罗曼蒂克。

人有时就是这样奇怪。
晚上的你突然感觉烦闷，撕开枕头，鹅毛乱飞，你去抓，
抓着抓着心情好了起来。

鹅毛与你。我想看看
鹅变成鹅毛
之前的样子。

◎ 小　诗

早安午安晚安。

安早安午安晚。
这么写，我惊讶。
写作的魅力在于惊讶。

恋爱，猎艳，提案报告；
揉捏术，你在干什么，倒挂。
我们谈论不在场的人时
我们是在渗透。

我常一个人扮演。
我正变得不可逆。
这是一个我和非我的世界。
我穿着格子衬衫，悲伤自然而然。

叶 丹

叶丹，1985 年 11 月生于安徽歙县，现居合肥。出版有诗集《没膝的积雪》《花园长谈》。

◎ 筑塔师

"我甚至想将自己的枯骨也砌进塔身。"
在山巅建塔，就是挖一条通天的渠，
然后用天空之刺探索灵魂升天的秘密
航线。你放下手艺，下山访物，
"塔可以给黏土一次不死的机会。"
那夜花园长谈，你说服了畏高的黏土。
你独自烧窑，炼出了它们火红的内心，
挑着砖块入山，置于寺中的深井：
"这砌塔的砖块必须经井水的浸泡，
只因这井水之甜能冲淡它的苦涩。"

夜晚，团团包裹住山顶的橡树纷纷撤离，
"建好地宫和塔座，塔就几乎完成。"
塔身在你的注视下繁殖，一夜便能矗立，
你立于其上，你就是与星辰比肩的刹顶。
而世界正在溶解，连同砖块之间的
冰川，你终于将腹中的老虎释放出笼，
而一段枯枝扎进你的身体，重新发芽。
"如果我能准确地分辨人间的七种悲音，
塔将继承我脊梁的挺拔。""像塔这般的
亚洲乐器，唯有换过骨的人才能将其弹奏。"

◎ 小雪日重访西庐寺

进山的路比往年更曲折，迷惑了尾随
你们的蛇。你身后的石阶立刻溶解
在宇宙的坚硬之中，因为初雪尚未降临。
即便能偶遇黑杨，也不能助我辨认
远山之稠密中哪棵是松，哪棵是柏。
山脚，僧人们化身栎子从山门滚落，
迎接曾用语言的黏土为他们筑塔的人。

滚烫的石头也积累到半山，它们流浪
至此，为的是认领晨钟暮鼓的教诲。

入了山门，寺里安静得像入睡的妻子，
地上一尘不沾，栎树的落叶背面
清晰得像条石斑鱼在风的催促下游走，
它们仿佛是从山下水塘中跃入山门的。
绕过殿前的鼓楼和厢房，你们登塔，
发觉它在秋风的养育下长高了几寸。
你对栖落在塔尖的几颗栎子无比敬重，
"因为那仅可立锥的顶尖容不得
它们内心的一丝萌动，多么难得。"

下山时，两侧的黑杨竟完全褪去叶子
露出完整的黝色的脊柱，仿佛是
为初雪的降临做了最必要的准备。
"这纷纷落叶像是在为初雪作序。"
树脊因熟读经文而获得了僧人的心境，
好像它们是从深埋地下的白骨中长出。
妻子说："树之塔，泥土的另一种
创造物。"返途中，山风像是启动了
一副多米诺骨牌，卷起枯叶为你铺路。

◎ 歙县河西寻访渐江和尚

歙县河西，丰乐河和练江像两只佛掌般
在此处合十，这让我笃定：你就隐居
附近，将一座山裹在身上，成为山之硬核。
那次，我见识了马蹄形的温驯的山脊
惊人的耐力，步道一级一级，试探着
访客的诚意，又像是与现世决裂的筹码。
不设防的群山，解冻的山谷，光线
正温柔地给露水拔牙，水汽上升，完成
对云的补给，而低处的松枝即将垮落，

与露水消逝的方向相逆，我感谢它
舍身的教诲。所以，越往高处，身体
越松弛，仿佛体内寄居的恶魔因畏高
而退散。我看见了悬崖之下的县城，
博物馆般的县城，满脸淤泥的县城。
披云亭附近，一只黄鹂站在最高的枝头
歌唱，仿佛它就是歙县的俄耳甫斯，
我的视线托举着声音越过蓬松的群山
而未消损，像个音乐传播学的奇迹。

实际上，绕了很远的路我才找寻到你，
一个隔着几世的地址，住着一个除封的
藩王，平静得仿佛从未受到帝国的迫害。
一个是隶属永恒的画家，一个是克制的
学徒，却都是拖着脐带亡命的人。
我知道，以山水为师，就能成为你的
同窗。"枯枝落地后把身体交还给
古老的母亲，江面像秋收后的刀刃般
明亮，你看，江水的姿势陈旧而犹豫，
它们再也没有机会回到源头，除非
它们内心再次修炼至寒冷，变回冰块，
还要借助鸟鸣之中滚烫的滑轮。"
近处，你的坟头干净，想必清风日日
抚扫，墓前开阔，适合卑微的星辰
投下自己的白骨，投下它抱负的残骸。
一只橘子是你示我的招待，"我们曾在
江边偶遇，又在这林间重逢，只为了
我们虚构的友谊能如念珠那般圆满。"

江 汀

江汀，安徽望江人，1986 年 12 月生。毕业于青岛理工大学，现居北京，著有诗集《来自邻人的光》《寒冷的时刻》。

410

◎ 三月之诗

在村庄的最西边
篱笆影影绰绰
像是被谁点染在那里
用他的毛笔。

三月的夜晚我背着书籍
回到自己的房间，
我迅速地躺下，
仿佛那是必须做的事。

我父亲的年龄是墨水，
在黑夜里——影影绰绰地——浮起，
在入睡前被辨认。

让学者们恍然大悟。
让水从河床上流过，
让夏天来临。

◎ 验　证

真理在时间中变化着。
傍晚七点，它如同一摊淤泥。
从那里，我握住了某个女人的脚踝。

那么，你踩着那些淤泥，踩着那些伦理？
你只是作了一次散步，
恰好看到草丛中幽暗的阶灯。

你记起一座小镇，想起那里的郊外。
天色好像经验，好像必然，
好像纯粹物质的过剩。

你摆脱我，像写尽一行文字。
你真的已经身处那里，
四周都是验证性的草堆。

直觉变得坚硬，可被手触摸，
如同典籍和梦境，
如一盏黄灯的执念。

然后，我们欠缺一个转折。
在那个瞬间，你想起我的虚妄，
那并非索然无味的本质。

◎ 他已经认识了冬季

他已经认识了冬季，
认识了火车经过的那片干枯原野。
城市在封闭，运河上有一片绿色的云。

进入黑暗的房间，像梨块在罐头中睡眠。
他的体内同样如此，孤立而斑驳，
不再留存任何见解。

可是旅行在梦中复现。在夜间，
他再次经过大桥，看见那只发光的塔。
它恰好有着慰藉的形状。

缓慢地移动身子，他做出转向，
在这样的中途，他开始观察
来自邻人的光。

孙苜蓿

孙苜蓿，原名孙婷，1987 年 8 月出生于安徽舒城。作品散见于
《诗刊》《诗林》《诗歌月刊》《北京文学》等，曾获北大未名诗
歌奖，出版诗集《茗蓝》。现居合肥。

◎ 致 彭

用累计车票的方式
计算我的青春期
用累计车票金额的方式
测量爱情的斤两

有时候我送你短刀
因为我只是突然爱上
屠戮的快乐

这并不过分，就像
两头深陷泥淖中的熊
只能在对方笨拙的舞蹈中练习
成长。练习如何不下沉
天空这么净这么白
我偶尔抬一下头
有什么大不了

◎ 无 题

傍晚，积蓄了一个冬季的叶子
都落下来了
唰唰落下交换的秘密
唰唰落下谈论明天
唰唰落下落下
显然是有一位大人物到来了

他不止一次地来到
这让我禁不住战栗
禁不住抖落一身的叶子
冬日的一棵树逐渐变瘦变冷

这并不难过

我愿意被剥光我微笑
叶子落下它们微笑
天渐渐变黑天微笑

◎ 舒晓路

傍晚，我离开朵颐的人群
走到一条惯常的公路上
一些机器载着若干携带梦想的肉体
行驶在公路上
他们暂时还没有被碾成岁月的粉末
一些祖国的明日的花朵
歌声嘹亮
一些尘土在无声地飞扬
一些冬日的树叶
只剩下经脉

多少次我来回徘徊在这条
记忆的公路上
我想象我体内安装了一部留声机
去记录一些在心中一闪而过的情节
它听到这条路上疯子的叙事
在我脑中留下了持续至今的
轰鸣的声响

◎ 空白书

年少的时候，我写过很多的空白书。
写在随手的书页里。没有即时寄出，
文字像沙一样漏干净。

从西海固，到霍诺诺卡，
再到地图上不存在的某处。
像生而为妓一样，有人生而为奴。

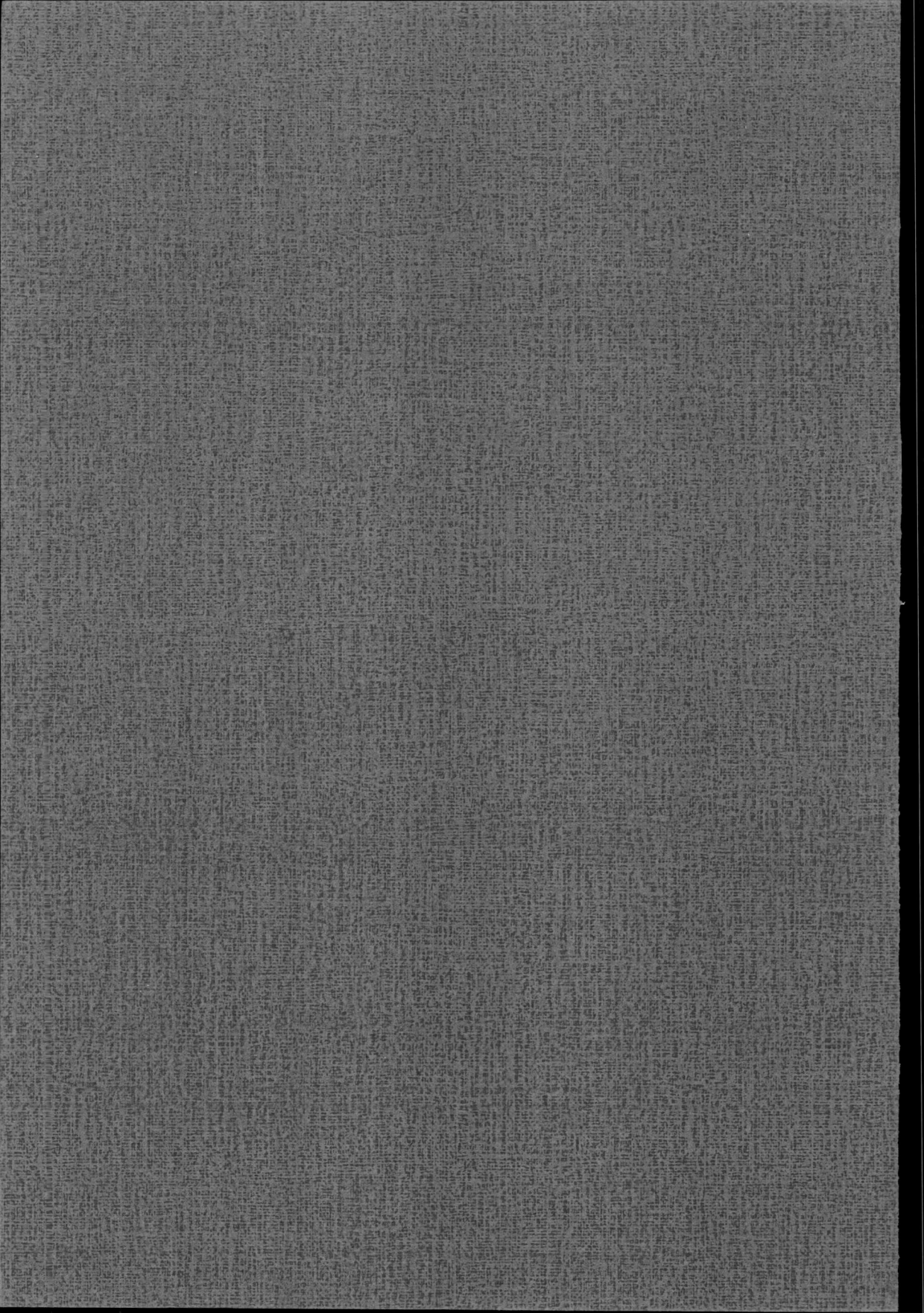